U0604599

未读 UnRead | 文艺家

William Shakespeare

THE TAMING OF THE SHREW

The Most Beautiful Selections of Shakespeare's Plays

最※美※莎※翁※经※典※剧※作※集

驯✣悍✣记

〔英〕莎士比亚……………著　朱生豪……………译

图书在版编目（CIP）数据

驯悍记 / (英) 莎士比亚著 ; 朱生豪译. — 北京:
北京联合出版公司, 2016.5
(最美莎翁经典剧作集)
ISBN 978-7-5502-6712-1

Ⅰ. ①驯… Ⅱ. ①莎… ②朱… Ⅲ. ①喜剧－剧本－
英国－中世纪 Ⅳ. ①I561.33

中国版本图书馆CIP数据核字(2016)第060957号

未讀 UnRead | 文艺家

关注未读好书

最美莎翁经典剧作集·驯悍记

作　　者: 〔英〕莎士比亚
译　　者: 朱生豪
出 品 人: 唐学雷
策　　划: 联合天际
特约编辑: 吴　勐 张黎明
责任编辑: 李　征 刘　凯
封面装帧: typo_d
内文设计: 黄　莹

北京联合出版公司出版
(北京市西城区德外大街83号楼9层　100088)
北京联兴盛业印刷股份有限公司印刷　新华书店经销
字数57千字　787毫米×1092毫米　1/32　4.75印张　0.25插页
2016年6月第1版　2016年6月第1次印刷
ISBN 978-7-5502-6712-1
定价: 32.00元

联合天际Club
官方直销平台

未经许可，不得以任何方式复制或抄袭本书部分或全部内容
版权所有，侵权必究
本书若有质量问题，请与本公司图书销售中心联系调换
电话: (010) 82060201

爱德华 · 马修 · 沃德
Edward Matthew Ward
1816~1879

序幕 | 第二场

贵族家中的卧室里，刚刚醒来的补锅匠克里斯朵夫 · 斯赖被贵族和仆人们环绕“伺候”着。

约翰·吉尔伯特

John Gilbert

1817~1897

第三幕 | 第二场

婚礼上，为了给新娘凯瑟丽娜一个下马威，新郎彼特鲁乔不仅姗姗来迟，而且穿着肮脏破烂、举止粗鲁。

罗伯特 · 亚历山大 · 希灵福德

Robert Alexander Hillingford

1828~1904

第四幕 | 第一场

回到自己在乡间的住宅后，彼特鲁乔借口仆从未及时迎接大发雷霆，当着凯瑟丽娜的面肆意责打仆从。

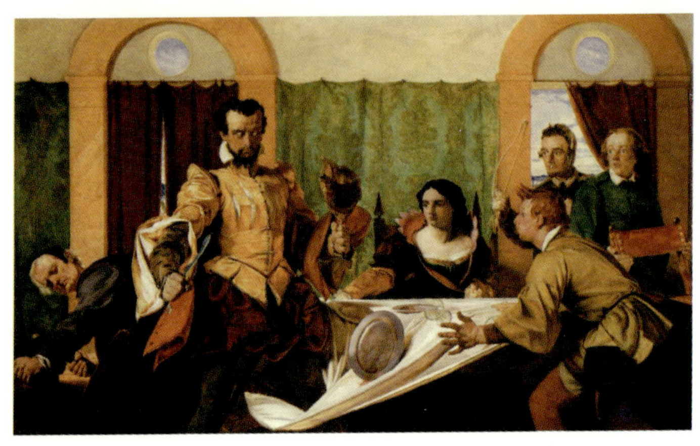

奥古斯都 · 利奥波德 · 艾格

Augustus Leopold Egg

1816~1863

第四幕丨第一场

餐桌上，彼特鲁乔装作对食物不满，故意打翻所有食物，使凯瑟丽娜忍饥挨饿。

最※美

莎※翁※经※典※剧※作※集

精装全10册

蒋方舟／张悦然

陈　坤／袁　泉

孟京辉／史　航

柏邦妮

特别联名推荐

William Shakespeare

1564~1616

莎士比亚逝世四百周年

1616~2016

「未读」

诚意致敬

The Most Beautiful Selections of Shakespeare's Plays

THE TRAGEDY OF HAMLET, PRINCE OF DENMARK

THE TRAGEDY OF OTHELLO, THE MOOR OF VENICE

THE TRAGEDY OF MACBETH

THE TRAGEDY OF KING LEAR

THE TRAGEDY OF ROMEO AND JULIET

THE MERCHANT OF VENICE

A MIDSUMMER NIGHT'S DREAM

THE WINTER'S TALE

THE TEMPEST

THE TAMING OF THE SHREW

《哈姆莱特》 《威尼斯商人》
《奥瑟罗》 《仲夏夜之梦》
《麦克白》 《罗密欧与朱丽叶》
《李尔王》 《冬天的故事》
《驯悍记》 《暴风雨》

William Shakespeare

1564~1616

剧 中 人 物

贵族 克利斯朵夫·斯赖 补锅匠 酒店主妇、小童、伶人、猎奴、从仆等	序幕中的人物
巴普提斯塔	◆ 帕度亚的富翁
文森修	◆ 比萨的老绅士
路森修	◆ 文森修的儿子，爱恋比恩卡者
彼特鲁乔	◆ 维洛那的绅士，凯瑟丽娜的求婚者
葛莱米奥 霍坦西奥	比恩卡的求婚者
特拉尼奥 比昂台罗	路森修的仆人
葛鲁米奥 寇提斯	彼特鲁乔的仆人
老学究	◆ 假扮文森修者

凯瑟丽娜 悍妇 | 巴普提斯塔的女儿
比恩卡

寡妇

裁缝、帽匠及巴普提斯塔、彼特鲁乔两家的仆人

地　点

帕度亚；有时在彼特鲁乔的乡间住宅

Induction

序幕

第　一　场

荒村酒店门前

女店主及斯赖上

斯赖　我揍你！

女店主　把你上了枷、戴了铐，你才知道厉害，你这流氓！

斯赖　你是个烂污货！你去打听打听，俺斯赖家从来不曾出过流氓，咱们的老祖宗是跟着理查万岁爷一块儿来的。给我闭住你的臭嘴；老子什么都不管。

女店主　你打碎了的杯子不肯赔我吗？

斯赖　不，一个子儿也不给你。骚货，你还是钻进你那冰冷的被窝里去吧。

女店主　我知道怎样对付你这种家伙；我去叫官差来抓你。

[下]

斯赖　随他来吧，我没有犯法，看他能把我怎样。是好汉决不逃走，让他来吧。[躺在地上睡去]

[号角声]猎罢归来的贵族率猎奴及从仆等上

贵族　猎奴，你好好照料我的猎犬。可怜的茂里曼，它跑得嘴唇边流满了白沫！把克劳德和那大嘴巴的母狗放在一起。你没看见锡尔佛在那篱笆角上，居然会把那失去了踪迹的畜生找到吗？人家就是给我二十镑，我也不肯把它转让出去。

猎奴甲　老爷，培尔曼也不比它差呢；它闻到一点点臭味就会叫起来，今天它已经两次发现猎物的踪迹。我觉得还是它好。

贵族　你知道什么！爱柯要是脚步快一些，可以抵得过二十条这样的狗哩。可是你得好好喂饲它们，留心照料它们。明天我还要出来打猎。

猎奴甲　是，老爷。

贵族　[见斯赖]这是什么？是个死人，还是喝醉了？

瞧他有气没有？

猎奴乙 老爷，他在呼吸。他要不是喝醉了酒，不会在这么冷的地上睡得这么熟的。

贵族 瞧这蠢东西！他躺在那儿多么像一头猪！一个人死了以后，那样子也不过这样难看！我要把这醉汉作弄一番。让我们把他抬回去放在床上，给他穿上好看的衣服，在他的手指上套上许多戒指，床边摆好一桌丰盛的酒食，让穿得齐齐整整的仆人侍候着他，等他醒来的时候，这叫花子不是会把他自己也忘记了吗？

猎奴甲 老爷，我想他一定想不起来他自己是个什么人。

猎奴乙 他醒来以后，一定会大吃一惊。

贵族 就像置身在一场美梦或空虚的幻想中一样。你们现在就把他抬起来，轻轻地把他抬到我最好的一间屋子里，四周的墙壁上挂满了我那些风流的图画，用温暖的香水给他洗头，房间里熏起芳香的旃檀，还要把乐器预备好，等他醒来的时候，便弹奏起美妙的仙曲来。他要是说什么话，就立刻恭恭敬敬地低声问他："老爷有什么吩咐？"一个仆人捧着银盆，里面盛着浸满花瓣的蔷薇水，还有一个人捧着水壶，第三个人拿着手巾，说："请老爷净手。"那时另外一个人就拿着一身华贵的衣服，问他喜欢穿哪一件；还有一个人向他报告他的猎犬和马匹的情形，并且对他说他的夫人见他害病，心里非常难过。让他相信他自己曾经疯了；要是他说他自己是个什么人，就对他说他是在做梦，因为他是一个做大官的贵人。你们这样用心串演下去，不要闹得太过分，一定是一场绝妙的消遣。

猎奴甲 老爷，我们一定用心扮演，让他看见我们不敢怠慢的样子，相信他自己真的是一个贵人。

贵族 把他轻轻抬起来，让他在床上安息一会儿，等他醒来的时候，各人都按着各自的职分好好做去。

| 众抬斯赖下［号角声］

来人，去瞧瞧那吹号角的是什么人。

| 一仆人下

也许有什么过路的贵人，要在这儿暂时歇脚。

| 仆人重上

贵族 啊，是谁？

仆人 启禀老爷，是一班戏子要来侍候老爷。

贵族 叫他们过来。

众伶人上

贵族 欢迎，列位！

众伶 多谢大人。

贵族 你们今晚想在我这里耽搁一夜吗？

伶甲 大人要是不嫌弃的话，我们愿意侍候大人。

贵族 很好。这一个人很面熟，我记得他曾经扮过一个农夫的长子，向一位小姐求爱，演得很不错。你的名字我忘了，可是那个角色你演来恰如其分，一点不做作。

伶甲 您大概说的是苏多吧。

贵族 对了，你扮得很好。你们来得很凑巧，因为我正要串演一幕戏文，你们可以给我不少帮助。今晚有一位贵人要来听你们的戏，他生平没有听过戏，我很担心你们看见他那傻头傻脑的样子，会忍不住笑起来，那就要把他气坏了；我告诉你们，他只要看见人家微微一笑，就会发起脾气来的。

伶甲 大人，您放心好了。就算他是世上最古怪的人，我们也会控制我们自己。

贵族 来人，把他们领到伙食房里去，好好款待他们；他们需要什么，只要我家里有，都可以尽量供给他们。

| 仆甲领众伶下

来人，你去找我的童儿巴索洛缪，把他装扮作一个贵妇，然后带着他到那醉汉的房间里去，叫他做太太，须要十分恭敬的样子。你替我吩咐他，他的一举一动，必须端庄稳重，就像他看见过的高贵的妇女在她们丈夫面前的那种样子；他对那醉汉说话的时候，必须温柔和婉，也不要忘记了屈膝致敬；他应当说："夫君有什么事要吩咐奴家，请尽管说出来，好让奴家稍尽一点做妻子的本分，表示一点对您的爱心。"然后他就装出很多情的样子把那醉汉拥抱亲吻，把头偎在他的胸前，眼睛里流着泪，假装是他的丈夫疯癫了好久，七年以来，始终把自己当作一个穷苦的讨人厌的叫花子，现在他眼看他丈夫清醒过来，所以快活得哭起来了。要是这孩子没有女人家随时淌眼泪的本领，只要用一棵胡葱包在手帕里，擦擦眼皮，眼泪就会来了。你对他说他要是扮

演得好，我一定格外宠爱他。赶快把这事情办好了，我还有别的事要叫你去做。

| 仆乙下

我知道这孩子一定会把贵妇的举止行动声音步态模仿得很像。我很想听一听他把那醉汉叫作丈夫，看看我那些下人向这个愚蠢的乡人行礼致敬的时候，怎样努力禁住发笑；我必须去向他们关照一番，也许他们看见有我在面前，自己会有些节制，不致露出破绽来。

| 率余众同下

第 二 场

贵族家中卧室

斯赖披富丽睡衣，众仆持衣帽壶盆等环侍，贵族亦做仆人装束杂立其内

斯赖 看在上帝的面上，来一壶淡麦酒！

仆甲 老爷要不要喝一杯白葡萄酒？

仆乙 老爷要不要尝一尝这些蜜饯的果子？

仆丙 老爷今天要穿什么衣服？

斯赖 我是克利斯朵夫·斯赖，别老爷长老爷短的。我从来不曾喝过什么白葡萄酒黑葡萄酒；你们倘要给我吃蜜饯果子，还是切两片干牛肉来吧。不要问我爱穿什么，我没有衬衫，只有

一个光光的背；我没有袜子，只有两条赤裸裸的腿；我的一双脚上难得有穿鞋子的时候，就是穿起鞋子来，我的脚趾也会钻到外面来的。

贵族　但愿上天给您扫除这一种无聊的幻想！真想不到像您这样一个有权有势、出身高贵、富有资财、受人崇敬的人物，会沾染到这样一个下贱的邪魔！

斯赖　怎么！你们把我当作疯子吗？我不是勃登村斯赖老头子的儿子克利斯朵夫·斯赖，出身是一个小贩，也曾学过手艺，也曾走过江湖，现在当一个补锅匠吗？你们要是不信，去问曼琳·哈基特，那个温考特村里卖酒的胖婆娘，看她认不认识我；她要是不告诉你们我欠她十四便士的酒钱，就算我是天下第一名说谎的坏蛋。怎么！我难道疯了吗？这儿是——

仆甲　唉！太太就是看了您这样子，才终日哭哭啼啼。

仆乙　唉！您的仆人们就是看了您这样子，才个个垂头丧气。

贵族　您的亲戚们因为您害了这种奇怪的疯病，才裹足不进您的大门。老爷啊，请您想一想您的出身，重新记起您从前的那种思想，把这些卑贱的噩梦完全忘却吧。瞧，您的仆人们都在侍候着您，各人等候着您的使唤。您要听音乐吗？听！阿波罗在弹琴了，［音乐］二十只笼里的夜莺在歌唱。您要睡觉吗？我们会把您扶到比古代王后特制的御床更为温香美软的卧榻上。您要走路吗？我们会给您在地上铺满花瓣。您要骑马吗？您有的是鞍鞯上镶嵌着金珠的骏马。您要放鹰吗？您有的是飞得比清晨的云雀还高的神鹰。您要打猎吗？您的猎犬的吠声，可以使山谷响应，上彻云霄。

仆甲 您要狩猎吗？您的猎犬奔跑得比麋鹿还要迅捷。

仆乙 您爱观画吗？我们可以马上给您拿一幅阿都尼的画像来，他站在流水之旁，西塞利娅隐身在芦苇里，那芦苇似乎因为受了她气息的吹动，在那里摇曳生姿一样。

贵族 我们可以给您看那处女时代的伊俄怎样被诱遇暴的经过，那情形就跟活的一样。

仆丙 或是在荆棘林中漫步的达芙妮，她腿上为棘刺所伤，看上去真像在流着鲜血；伤心的阿波罗瞧了她这样子，不禁潸然泪下；那血和泪都被画工描摹得栩栩如生。

贵族 您是一个不折不扣的贵人；您有一位太太，比世上任何一个女子都要美貌万倍。

仆甲 在她因为您的缘故而让滔滔的泪涛流满她那可爱的面庞之前，她是一个并世无俦的美人，即以现在而论，她也不比任何女人逊色。

斯赖 我是一个老爷吗？我有这样一位太太吗？我是在做梦，还是到现在才从梦中醒来？我现在并没有睡着；我看得见，我听得见，我会说话；我嗅得到一阵阵的芳香，我抚摸得到柔软的东西。哎呀，我真的是一个老爷，不是补锅匠，也不是克利斯朵夫·斯赖。好吧，你们去给我把太太请来；可别忘记再给我倒一壶最淡的麦酒来。

仆乙 请老爷洗手。［数仆持壶盆手巾上前］啊，您现在已经恢复神智，知道您自己是个什么人，我们真是说不出地高兴！这十五年来，您一直在做梦，就是醒着的时候，也跟睡着一样。

斯赖 这十五年来！哎呀，这一觉可睡得长久！可是在那些时候我不曾说过一句话吗？

仆甲 啊，老爷，您话是说的，不过都是些胡言乱语；虽然您明明睡在这么一间富丽的房间里，您却说您给人家打出门外，还骂着那屋子里的女主人，说要上衙门告她去，因为她拿缸子卖酒，不按官家的定量。有时候您叫着西息莉·哈基特。

斯赖 不错，那是酒店里的一个女侍。

仆丙 哎哟，老爷，您几时知道有这么一家酒店，这么一个女人？您还说起过什么史蒂芬·斯赖，什么希腊人老约翰·拿普斯，什么彼得·忒夫，什么亨利·品布纳尔，还有一二十个诸如此类的名字，都是从来不曾有过、谁也不曾看见过的人。

斯赖 感谢上帝，我现在醒过来了！

众仆 阿门！

斯赖 谢谢你们，等会儿我重重有赏。

| 小童扮贵妇率侍从上

小童 老爷，今天安好？

斯赖 喝好酒，吃好肉，当然很好喽。我的老婆呢？

小童 在这儿，老爷，您有什么吩咐？

斯赖 你是我的老婆，怎么不叫我丈夫？我的仆人才叫我老爷。我是你的亲人。

小童 您是我的夫君，我的主人；我是您忠顺的妻子。

斯赖 我知道。我应当叫她什么？

贵族 夫人。

斯赖 艾丽丝夫人呢，还是琼夫人？

贵族 夫人就是夫人，老爷们都是这样叫太太的。

斯赖 夫人太太，他们说我已经做了十五年以上的梦。

小童 是的，这许多年来我不曾和您同床共枕，在我就好像守了三十年的活寡。

斯赖 那真太委屈了你啦。喂，你们都给我走开。夫人，宽下衣服，快到床上来吧。

小童 老爷，请您恕我这一两夜，否则就等太阳西下以后吧。医生们曾经关照过我，叫我暂时不要跟您同床，免得您旧病复发。我希望这一个理由可以使您原谅我。

斯赖 我实在有些等不及，可是我不愿意再做那些梦，所以只好忍住欲火，慢慢再说吧。

| 一仆人上

仆人 启禀老爷，那班戏子们听见贵体痊愈，想来演一

出有趣的喜剧给您解解闷儿。医生说过，您因为思虑过度，所以血液停滞；太多的忧愁会使人发狂，因此他们以为您最好听听戏开开心，这样才可以消灾延寿。

斯赖 很好，就叫他们演起来吧。你说的什么喜剧，可不就是翻翻筋斗、蹦蹦跳跳的那种玩意儿？

小童 不，老爷，比那要有趣得多呢。

斯赖 什么！是家里摆的玩意儿吗？

小童 他们表演的是一桩故事。

斯赖 好，让我们瞧瞧。来，夫人太太，坐在我的身边，让我们享受青春，管他什么世事沧桑！［喇叭奏花腔］

Act_1

第一幕

第　一　场

帕度亚。广场

路森修及特拉尼奥上

路森修　特拉尼奥，我久慕帕度亚是人文渊薮，学术摇篮，这次多蒙父亲答应，并且在像你这样一位练达世故的忠仆陪同之下，终于来到了这景物优胜的名都。让我们就在这里停留下来，访几个名师益友，研究些有用的学问。比萨城出过不少有名人士，我和我父亲都是在那里诞生的；我父亲文森修是班提佛里家族的后裔，他五湖四海经商立业，积聚了不少家财。我自己是在佛罗伦萨长大成人的，现在必须勤求上进，敦品力学，方才不致辱没家声。所以，特拉尼奥，我想把我的时间用在研究哲学和做人的道理上，在修身养志的功夫里寻求我的乐趣，因为我离开比萨，来到帕度亚，就像一个人从清浅的池沼里踊身到汪洋大海中，希望满足他的焦渴一样。你的意思怎样？

特拉尼奥 恕我冒昧，好少爷，我对这一切的想法都和您一样；您能够立志在哲学里寻求至道妙理，使我听了非常高兴；可是少爷，我们一方面向慕着仁义道德，一方面却也不要板起一副不近人情的道学面孔，不要因为一味服膺亚里士多德的箴言，而把奥维德的《爱经》深恶痛绝。您在相识的面前，不妨运用逻辑和他们滔滔雄辩；日常谈话的中间，也可以练习练习修辞学；音乐和诗歌可以开启您的心灵；您要是胃口好的时候，研究研究数学和形而上学也未始不可。学问必须合乎自己的兴趣，方才可以得益，所以，少爷，您尽管拣您最喜欢的东西研究吧。

路森修 特拉尼奥，你这番话说得非常有理。等比昂台罗来了，我们就可以去找一个适当的寓所，将来有什么朋友也可以在那里招待招待。且慢，那边来的是些什么人？

特拉尼奥 少爷，大概这里的人知道我们来了，所以要演一场戏给我们看，表示他们的欢迎。

巴普提斯塔、凯瑟丽娜、比恩卡、葛莱米奥、霍坦西奥同上［路森修及特拉尼奥避立一旁］

巴普提斯塔 两位先生，你们不必向我多说，因为你们知道我的意思是非常坚决的。我必须先让我的大女儿有了丈夫以后，方才可以把小女儿出嫁。你们两位中间倘有哪一位喜欢凯瑟丽娜，那么你们两位都是熟人，我也很敬重你们，我一定答应你们向她求婚。

葛莱米奥 求婚？哼，还不如送她上囚车；我可吃她不消。霍坦西奥，你娶了她吧。

凯瑟丽娜 ［向巴普提斯塔］爸爸，你是不是要让我给这两个臭男人取笑？

霍坦西奥 姑娘，您放心吧，像您这样厉害的女人，无论哪个臭男人都会给您吓走的。

凯瑟丽娜 先生，你也放心吧，她是不愿嫁给你的；她要是嫁了你，她会用三只脚的凳子打破你的鼻头，把你涂成花脸叫人笑话的。

霍坦西奥 求上帝保佑我们逃过这种灾难！

葛莱米奥 阿门！

特拉尼奥 少爷，咱们有好戏看了。那个女人倘不是个疯子，倒泼辣得可以。

路森修 可是还有那一位不声不响的姑娘，却很贞静幽娴。别说话了，特拉尼奥！

特拉尼奥 很好，少爷，咱们闭住嘴看个饱。

巴普提斯塔 两位先生，我刚才说过的话决不失信——比恩卡，你进去吧；你不要懊恼，好比恩卡，爸爸疼你，我的好孩子。

凯瑟丽娜 好心肝，好宝贝！她要是机灵的话，还是自己拿手指捅捅眼睛，回去哭一场吧。

比恩卡 姊姊，你尽管看着我的懊恼而高兴吧。爸爸，我一切都听您的主张，我可以在家里看看书，玩玩乐器解闷。

路森修 特拉尼奥，你听！好一个贤淑的姑娘！

霍坦西奥 巴普提斯塔先生，您为什么一定这样固执？我们本来是一片好意，不料反而害得比恩卡小姐心里不快乐，真是抱歉得很。

葛莱米奥 巴普提斯塔先生，您难道要她代人受过，因为那位大令爱的悍声四播，而把她终身禁锢吗？

巴普提斯塔 请你们不要见怪，我已经这样决定了。比恩卡，进去吧。

| 比恩卡下

我知道她喜欢音乐诗歌，正想请一位教师在家教授。霍坦西奥先生，葛莱米奥先生，你们要是知道有这样适当的人才，请介绍他到这儿来；我因为希望我的孩子们得到良好的教育，对于有才学的人是竭诚欢迎的。再会，两位先生。凯瑟丽娜，你可以在这儿多玩一会儿；我还要去跟比恩卡说两句话。

| 下

凯瑟丽娜 什么，难道我就不可以进去？难道我就得听人家安排时间，仿佛自己连要什么不要什么都不知道吗？哼！

| 下

葛莱米奥 你到魔鬼的老娘那里去吧！你的盛情没有人敢领教，谁也不会留住你的。霍坦西奥先生，女人的爱也不是大不了的事，现在你我同病相怜，大家还是回去自认晦气，把这段痴情斩断了吧。可是为了我对于可爱的比恩卡的爱慕，

要是我能够找到一个可以教授她功课的人，我一定要把他介绍给她的父亲。

霍坦西奥 葛莱米奥先生，我也是这样的意思。可是我说我们两人虽然站在互相敌对的立场，然而为了共同的利害，在一件事情上我们应当携手合作，否则恐怕我们就连再要为了比恩卡的爱而成为情敌的机会也没有了。

葛莱米奥 愿闻其详。

霍坦西奥 简简单单一句话，给她的姊姊找一个丈夫。

葛莱米奥 找个丈夫！还是找个魔鬼给她吧。

霍坦西奥 我说，给她找个丈夫。

葛莱米奥 我说给她找个魔鬼。霍坦西奥，虽然她的父亲那么有钱，你以为竟有那样一个傻子，愿意娶个活阎罗供在家里吗？

霍坦西奥 嘿，葛莱米奥！我们虽然受不了她那种打骂吵闹，可是世上尽有胃口好的人，看在金钱面上，会把她当作活菩萨一样迎了去的。

葛莱米奥 那我可不知道。可是我要是贪图她的嫁奁，我宁愿每天给人绑在柱子上抽一顿鞭子，作为娶她回去的交换条件。

霍坦西奥 正像人家说的，两只坏苹果之间，没有什么选择。可是这一条禁令既然已经使我们两人成为朋友，那就让我们的交情暂时继续下去，直到我们帮助巴普提斯塔把他的大女儿嫁出去，让他的小女儿也有了嫁人的机会以后，再做起敌人来吧。可爱的比恩卡！不知道哪一个幸运儿捷足先登！葛莱米奥先生，你说怎样？

葛莱米奥 我很赞成。要是能够找到那么一个人，我愿意把帕度亚最好的马送给他，让他立刻前去求婚，赶快和她结婚睡觉，把她早早带走。我们走吧。

| 葛莱米奥、霍坦西奥同下

特拉尼奥 少爷，请您告诉我，难道爱情会这么快就把一个人征服吗？

路森修 啊，特拉尼奥！倘不是我自己今天亲身经历，我决不相信这样的事是可能的。当我在这儿闲望着他们的时候，我却在无意中感到了爱情的力量。特拉尼奥，你是我的心腹，正像安娜是她姐姐迦太基女王狄多的心腹一样，我坦白向你招认了吧，要是我不能娶这位年轻贞淑的姑娘做妻子，我一定会被爱情燃烧得憔悴而死的。给我想想法子吧，特拉尼奥，我知道你一定能够也一定肯帮助我的。

特拉尼奥 少爷，我现在也不能责怪您，因为爱情进了人的心里，是打骂不走的。它既然到了您的身上，就会占有您的一切。您既然已经爱上了，事情就只好如此，唯一的途径是想个最便宜的方法如愿以偿。

路森修 谢谢你，再说下去吧。你的话很有道理，句句说中我的心意。

特拉尼奥 少爷，您那样出神地望着这位姑娘，恐怕没有注意到最重要的一点。

路森修 不，我没有把它忽略过去；我看见她那秀美的容颜，就是天神看见了她，也会向她屈膝长跪，请求她准许他吻一吻她的纤手的。

特拉尼奥 此外您没有注意到什么吗？您没有听见她那姊姊怎样破口骂人，大大地闹了一场，把人家耳朵都嚷聋了吗？

路森修 特拉尼奥，我看见她的樱唇微启，她嘴里吐出的气息，把空气都熏得充满了麝兰的香味。我看见她的一切都是圣洁而美妙的。

特拉尼奥 他已经着了迷了，我必须把他叫醒。少爷，请您醒醒吧；您要是爱这姑娘，就该想法把她弄到手里。事情是这样的：她的姊姊是个泼辣凶悍的女子，除非她的父亲先把她姊姊嫁出去，否则少爷，您的爱人只好待在家里做个老处女；他因为不愿让那些求婚的人让她麻烦，所以已经把她关起来不让她出来了。

路森修 啊，特拉尼奥！他真是个狠心的父亲！可是你没有听说他正在留心为她访寻一个好教师吗？

特拉尼奥 是的，少爷，我正在这上面想法子呢。

路森修 我有了计策了，特拉尼奥。

特拉尼奥 妙极了，也许我们不谋而合。

路森修 你先说吧。

特拉尼奥 我知道您想去做她的教书先生。

路森修 是啊，你看这件事可做得到？

特拉尼奥 做不到；您去做了教书先生，有谁替您在帕度亚这儿充当文森修的公子？有谁可以替您主持家务，研究学问，招待朋友，访问邻里，宴请宾客？

路森修 不要紧，我已经仔细想过了。我们初到此地，还不曾到什么人家里去过，人家也不认识我们两人谁是主人谁是仆人，所以我想这样：你就顶替我的名字，代我主持家务，指挥仆人；我自己改名换姓，扮作一个从佛罗伦萨、那不勒斯或是比萨来的穷苦书生。就这么办吧。特拉尼奥，你快快脱下衣服，戴上我的华贵的帽子，披上我的外套。等比昂台罗来了，就叫他侍候你；可是我还要先嘱咐他说话小心些。

[二人交换服装]

特拉尼奥 那是很必要的。少爷，既然这是您的意思，我也只好从命，因为在我们临走的时候，老爷曾经吩咐过我："你要听少爷的话，用心做事。"虽然我想他未必想到会有今天的情形；可是因为我敬爱路森修，所以我愿意自己变成路森修。

路森修 很好，特拉尼奥，因为路森修正在恋爱着一个人。她那惊鸿似的一面，已经摄去了我的魂魄；为了博取她的芳心，我甘心做一个奴隶。这狗才来了。

比昂台罗上

路森修 喂，你到什么地方去了？

比昂台罗 我到什么地方去了！咦，怎么，您在什么地方？

少爷，是特拉尼奥把您的衣服偷了呢，还是您把他的衣服偷了？还是两个人你偷我的我偷你的？究竟是怎么一回事呀？

路森修 你过来，我对你说，现在不是说笑话的时候，你好好听我的话。我上岸以后，因为跟人家吵架，杀死了一个人，恐怕被人看见，所以叫特拉尼奥穿上我的衣服，假扮作我的样子，我自己穿了他的衣服逃走。为了保全性命，我只好离开你们，你要好好侍候他，就像侍候我自己一样，你懂了吗？

比昂台罗 少爷，我一点都不懂！

路森修 你嘴里不许说出一声特拉尼奥来，特拉尼奥已经变成路森修了。

比昂台罗 算他运气，我也这样变一变就好了！

特拉尼奥 我更希望路森修能够得到巴普提斯塔的小女儿。可是我要劝你，无论在什么人面前，都要规规矩矩，在私下我是特拉尼奥，当着人我就是你的主人路森修；这并不是我要在你面前摆什么架子，我只是为少爷的好处着想。

路森修 特拉尼奥，我们去吧。我还要你做一件事，你也必须去做一个求婚的人，你不必问为什么，总之我自有道理。

| 同下

[舞台上方观剧者的谈话]

仆甲 老爷，您在瞌睡了，您没有听戏吗？

斯赖 不，我在听着。好戏好戏，下面还有吗？

小童 还刚开始呢，夫君。

斯赖 是一本非常的杰作，夫人；我希望它快些完结！[继续看戏]

第　二　场

同前。霍坦西奥家门前

彼特鲁乔及葛鲁米奥上

彼特鲁乔 我暂时离开了维洛那，到帕度亚来访问朋友，尤其要看看我的好朋友霍坦西奥；他的家大概就在这里，葛鲁米奥……上去，打。

葛鲁米奥 打，老爷！叫我打谁？有谁冒犯您了吗？

彼特鲁乔 浑蛋，我说向这儿打，好好地给我打。

葛鲁米奥 好好地给您打，老爷！哎哟，老爷，小人哪里有这胆量，敢向您这儿打？

彼特鲁乔 浑蛋，我说给我打门，给我使劲儿打，不然我就要打你几个耳光。

葛鲁米奥 主人又闹脾气了。您叫我先打您，就为的是让我事后领略谁尝的苦处更多。

彼特鲁乔 你还不听吗？你要不肯打，我就敲敲看，我倒要敲敲你这面锣，看到底有多响。［揪葛鲁米奥耳朵］

葛鲁米奥 救人，列位乡亲们，救人！我主人疯了。

彼特鲁乔 我叫你打你就打，混账东西。

| 霍坦西奥上

霍坦西奥 啊，我道是谁，原来是我的老朋友葛鲁米奥！还有我的好朋友彼特鲁乔！你们在维洛那都好？

彼特鲁乔 霍坦西奥先生，你是来劝架的吗？真是得瞻尊颜，三生有幸。

霍坦西奥 光临敝舍，蓬荜生辉，可敬的彼特鲁乔先生，起来吧，葛鲁米奥，起来吧，我叫你们两人言归于好。

葛鲁米奥 哼，他咬文嚼字地说些什么都没关系，老爷。就是按法律，我这回也有理由辞掉不干了。您知道吗，老爷？他叫我打他，使劲地打他，老爷。可是，仆人哪里有这样欺侮主人的呢，虽然他糊里糊涂，也总是二十来岁的大个子了。我倒恨不得当初真老实打他几下，这会儿就不会吃这个苦头了。

彼特鲁乔 没脑筋的浑蛋。霍坦西奥，我叫他上去打门，可是死说活说他也不肯。

葛鲁米奥 打门？我的老天爷呀！您不是明明说："狗才，向这儿打，向这儿敲，好好地给我打，使劲地给我打"吗？这会儿又说起"打门"来了吗？

彼特鲁乔 狗才，听我告诉你，滚蛋，要不然趁早住口。

霍坦西奥 彼特鲁乔，别生气。我可以给葛鲁米奥担保，你这个葛鲁米奥是一个服侍你多年的仆人，忠实可靠，很有风趣。刚才的事完全是出于误会。可是，告诉我，好朋友，是哪一阵好风把你们从维洛那吹到帕度亚来了？

彼特鲁乔 因为年轻人倘不在外面走走，老是待在家里，孤陋寡闻，终非长策，所以风才把我吹到这儿来了。不瞒你说，霍坦西奥，家父安东尼奥已经不幸去世，所以我才到这异乡客地，想要物色一位妻房，成家立业；我袋里有的是钱，家里有的是财产，闲着没事，出来见见世面也好。

霍坦西奥 彼特鲁乔，你既然想娶一个妻子，我倒想起一个人来了；可惜她脾气太坏，又长得难看，我想你一定不会中意；不过我可以向你保证她很有钱；可是因为你是我的好朋友，我还是不要把她介绍给你的好。

彼特鲁乔 霍坦西奥，咱们是知己朋友，用不着多说废话。如果你真认识什么女人，财富多到足以做彼特鲁乔的妻子，那么既然我的求婚主要是为了钱，无论她怎样淫贱老丑、泼辣凶悍，我都一样欢迎；尽管她的性子暴躁得像起着风浪的怒海，也不能影响我对她的好感，只要她的嫁奁丰盛，我就心满意足了。

葛鲁米奥 霍坦西奥大爷，你听，他说的都是老老实实的真心话，只要有钱，就是把一个木人泥偶给他做妻子他也要；倘然她是一个满嘴牙齿落得一个不剩的老太婆，浑身病痛有五十二匹马合起来那么多，他也满不在乎，可就是得有钱。

霍坦西奥 彼特鲁乔，我们既然已经谈起了这件事，那么我要老实告诉你，我刚才说的话，一半是笑话。彼特鲁乔，我可以帮助你娶到一位妻子，又有钱，又年轻，又美貌，而且还受过良好的教育；她就是有一个很大的缺点：脾气非常之坏，撒起泼来，谁也吃她不消，即使我是个身无立锥之地的穷光蛋，她愿意倒贴一座金矿嫁给我，我也要敬谢不敏的。

彼特鲁乔 算了吧，霍坦西奥，你可不知道金钱的好处哩。我只要你告诉我她父亲的名字就够了。尽管她骂起人来像秋天的雷鸣一样震耳欲聋，我也要把她娶了回去。

霍坦西奥 她的父亲是巴普提斯塔·米诺拉，是一位彬彬有礼的绅士；她的名字叫作凯瑟丽娜·米诺拉，在帕度亚以善于骂人出名。

彼特鲁乔 我虽然不认识她，可是我认识她的父亲，他和先父也是老朋友。霍坦西奥，我要是不见她一面，会睡不着觉的，所以我要请你恕我无礼，匆匆相会，又要向你告别了。要是你愿意陪着我去，那可再好没有了。

葛鲁米奥 霍坦西奥大爷，您就让他趁着这股兴致去吧。说句老实话，她要是也像我一样了解他，她就会明白对于像他这样的人，骂死也是白骂。她也许会骂他一二十声死人杀千刀，可是那算得了什么，他要是开口骂起人来，说不定就会亮家伙。我告诉您吧，她要是顶撞了他，他会随手给她一下子，把她眼睛堵死，什么都看不见。您还没有知道他呢。

霍坦西奥 等一等，彼特鲁乔，我要跟你同去。因为在巴普提斯塔手里还有一颗无价的明珠——他的美丽的小女儿比恩卡，她是我生命中最珍贵的东西，可是巴普提斯塔却把她保管得非常严密，不让向她求婚的人们有亲近她的机会。他恐怕凯瑟丽娜有了我刚才说过的那种缺点，没有人愿意向她求婚，所以一定要让凯瑟丽娜这泼妇嫁了人以后，方才允许人家向比恩卡提起亲事。

葛鲁米奥 凯瑟丽娜这泼妇！一个姑娘家，什么头衔不好，一定要加上这么一个头衔！

霍坦西奥 彼特鲁乔，我的好朋友，现在我要请求你一件事。我想换上一身朴素的服装，扮成一个教书先生的样子，请你把我举荐给巴普提斯塔，就说我精通音律，可以做比恩卡的教师。我用了这个计策，就可以有机会向她当面求爱，不至于引起人家的疑心了。

葛鲁米奥 好狡猾的计策！瞧，现在这班年轻人瞒着老年人干的好事！

葛莱米奥、路森修化装挟书上

葛鲁米奥 大爷，大爷，您瞧谁来啦？

霍坦西奥 别闹，葛鲁米奥！这是我的情敌。彼特鲁乔，我们站到旁边去。

葛鲁米奥 好一个卖弄风流的哥儿！

葛莱米奥 啊，很好，我已经看过那张书单了。听着，先生。我这就去叫人把它们精工装订起来；必须注意每一本都是讲恋爱的，其他什么书籍都不要教她念。你懂得我的意思吗？巴普提斯塔先生给你的待遇当然不会错的，就是我也还要给你一份谢礼哩。把这张纸也带去。我还要叫人把这些书熏得香喷喷的，因为她自己比任何香料都要芬芳。你预备读些什么东西给她听？

路森修 我无论向她读些什么，都是代您申诉您的心曲，就像您自己在她面前一样；而且也许我所用的字句，比您自己所用的更为适当也未可知，除非您也是一个读书人，先生。

葛莱米奥 啊，学问真是好东西！

葛鲁米奥 啊，这家伙真是傻瓜！

彼特鲁乔 闭嘴，狗才！

霍坦西奥 葛鲁米奥，不要多话。葛莱米奥先生，您好！

葛莱米奥 咱们遇见得巧极了，霍坦西奥先生。您知道我现在到什么地方去吗？我是到巴普提斯塔他家里去的。我答应他替比恩卡留心访寻一位教师，算我运气，找到了这位年轻人，他的学问品行，都可以说得过去，他读过不少诗书，而且都是很好的诗书哩。

霍坦西奥 那好极了。我也碰到一位朋友，他答应替我找一位很好的声乐家来教她音乐，我对于我那心爱的比恩卡总算也尽了责任了。

葛莱米奥 我可以用我的行为证明，比恩卡是我心爱的人。

葛鲁米奥 他也可以用他的钱袋证明。

霍坦西奥 葛莱米奥，现在不是我们争风吃醋的时候，你要是对我客客气气，我可以告诉你一个好消息，对于我们两人都是一样有好处的。这位朋友我刚才偶然遇到，他已经答应愿意去向那泼妇凯瑟丽娜求婚，而且只要她的嫁奁丰盛，他就可以和她结婚。

葛莱米奥 这当然很好，可是霍坦西奥，你有没有把她的缺点告诉他？

彼特鲁乔 我知道她是一个喜欢吵吵闹闹的长舌妇，倘若她只有这一点毛病，那我以为没有什么要紧。

葛莱米奥　你说没有什么要紧吗，朋友？请教贵乡？

彼特鲁乔　舍间是维洛那，已故的安东尼奥就是家父。我因为遗产颇堪温饱，所以很想尽情玩玩，过些痛痛快快的日子。

葛莱米奥　啊，你要过痛快的日子，却去找这样一位妻子，真是奇怪！可是你要是真有那样的胃口，那么我是非常赞成你去试一试的，但凡有可以效劳之处，请老兄尽管吩咐好了。可是你真的要向这只野猫求婚吗？

彼特鲁乔　那还用得着问吗？

葛鲁米奥　他要不向她求婚，我就把她绞死。

彼特鲁乔　我倘不是为了这一件事情，何必到这儿来？你们以为一点点的吵闹，就可以使我掩耳退却吗？难道我不曾听见过狮子的怒吼？难道我不曾听见过海上的狂风暴浪，像一头疯狂的巨熊一样咆哮？难道我不曾听见过战场上的炮轰，天空中的霹雳？难道我不曾在白刃相交的激战中，听见过震天的杀声，万马的嘶奔，金鼓的雷鸣？你们现在却向我诉说女人的口舌如何可怕；就是把一枚栗子丢在火里，那爆声也要比它响得多吧。嘿，你们想捉个跳蚤来吓小孩子吗？

葛鲁米奥 反正他是不害怕的。

葛莱米奥 霍坦西奥，这位朋友既然不以为意，那就再好也没有了，他自己既人财两得，而且也帮了我们很大的忙。

霍坦西奥 他所需要的一切求婚费用，就归我们两个人共同担负吧。

葛莱米奥 很好，只要他能够娶她回去。

葛鲁米奥 只要我能够吃饱肚皮。

特拉尼奥盛装偕比昂台罗上

特拉尼奥 列位先生请了！我要大胆借问一声，到巴普提斯塔·米诺拉先生家里去打哪一条路走最近？

比昂台罗 您说的就是有两位漂亮小姐的那位老先生吗？

特拉尼奥 就是他，比昂台罗。

葛莱米奥 先生，您说的不就是她——

特拉尼奥 也许是他，也许是她，这和你有什么相干？

彼特鲁乔 大概不是爱骂人的那个她吧？

特拉尼奥 先生，我不爱骂人的人。比昂台罗，我们走吧。

路森修 [旁白]特拉尼奥，你装扮得很好。

霍坦西奥　先生,请您慢走一步。请问您也是要去向您刚才说起的那位小姐求婚的吗?

特拉尼奥　假如我是去求婚的,那不会有什么罪吧?

葛莱米奥　只要你乖乖地给我回去,那就什么事都没有。

特拉尼奥　咦,我倒要请问,官塘大路,你走得我就走不得?

葛莱米奥　她可不用你多费心。

特拉尼奥　这是什么理由?

葛莱米奥　告诉你吧,因为她是葛莱米奥大爷的爱人。

霍坦西奥　因为她是霍坦西奥大爷的意中人。

特拉尼奥　两位先生少安毋躁,你们倘然都是通达事理的君子,请听我说句话儿。巴普提斯塔是一位有名望的绅士,我的父亲和他也是素识,他的女儿就是再美十倍,也应该有比现在更多十倍的男子向她求婚,为什么我就不能在其中参加一份呢?勒达美貌的女儿有一千个求婚者,那么美貌的比恩卡为什么不能在她原有的求婚者之外,再加上一个呢?虽然帕里斯希望鳌头独占,路森修却也要参加这一场竞赛。

葛莱米奥　啊,这个人的口才会把我们全都压倒哩。

路森修　让他试试身手吧，我知道他会临阵怯退的。

彼特鲁乔　霍坦西奥，你们这样尽说废话，有什么意思？

霍坦西奥　请问尊驾有没有见过巴普提斯塔的女儿？

特拉尼奥　没有，可是我听说他有两个女儿，大的那个是出名地泼辣，小的那个是出名地美貌温文。

彼特鲁乔　诸位，那个大的已经被我定下了，你们不用提她。

葛莱米奥　对了，这一份艰巨的工作，还是让我们伟大的英雄去独力进行吧。

彼特鲁乔　新来的朋友，让我告诉你，你听人家说起的那个小女儿，被她的父亲看管得非常严紧，在他的大女儿没有嫁人以前，他拒绝任何人向他的小女儿求婚，也不愿意把她许嫁给任何人。

特拉尼奥　这样说来，那么我们都要仰仗尊驾的大力，就是小弟也要沾您老兄的光了。您要是能够娶到他的大女儿，给我们开辟出一条路来，好让我们有机会争取他的小女儿，无论这一场幸运落在哪一个人身上，对您老兄总是一样终生感激的。

霍坦西奥　您说得有理，既然您说您自己也是一个求婚者，那么您对这位朋友也该给一些酬报才是，因为我们大家都是一样仰赖着他。

特拉尼奥 这没有问题，为了表示我的诚意，我想就在今天下午，请在场各位，大家在一块儿欢宴一次，恭祝我们共同的爱人的健康。我们应该像法庭上打官司的律师，在竞争的时候是冤家对头，在吃吃喝喝的时候还是像好朋友一样。

葛鲁米奥
比昂台罗 妙极妙极！咱们大家走吧。

霍坦西奥 这建议果然很好，就这样决定吧。彼特鲁乔，让我来给你洗尘，款待款待你。

| 同下

Act_2

第二幕

第　一　场

帕度亚。巴普提斯塔家中一室

凯瑟丽娜及比恩卡上

比恩卡　好姊姊,我是你的亲妹妹,不要把我当作婢子奴才一样看待。你要是不喜欢我身上穿戴的东西,那么请你松开我手上的捆缚,我会自己把它们拿下来的;只要你吩咐我,我把裙子脱下来都可以;你要我怎么做,我就怎么做,因为你是姊姊,我是应该服从你的。

凯瑟丽娜　那么我要问你,在那些向你求婚的男人中间,你最爱哪一个?你可不许说谎。

比恩卡　相信我,姊姊,在一切男子中间,我到现在还没有遇到一个特别中我心意的人。

凯瑟丽娜 丫头，你说谎！是不是霍坦西奥？

比恩卡 姊姊，你要是喜欢他，我可以发誓我一定竭力帮助你得到他。

凯瑟丽娜 噢，那么你大概希望嫁到一个比霍坦西奥更有钱的人；你要葛莱米奥把你终生供养吗？

比恩卡 你是为了他才这样恨我吗？不，你是说着玩的；我现在知道了，你刚才的话原来都是说着玩的。凯德好姊姊，请你松开我的手吧。

凯瑟丽娜 你说我说着玩，我就打着你玩。［打比恩卡］

巴普提斯塔上

巴普提斯塔 怎么，怎么，这丫头！又在撒泼吗？比恩卡，你站开些。可怜的孩子！你看，她给你欺侮得哭起来了。你去做你的针线活儿吧，别理她。你这恶鬼一样的贱人！她从来不曾惹过你，你怎么又欺侮她了？她什么时候顶撞过你一句？

凯瑟丽娜 她嘴里一声不响，心里却瞧不起我；我气不过，非叫她知道些厉害不可。［追比恩卡］

巴普提斯塔 怎么，当着我的面你也敢这样放肆吗？比恩卡，你快进去。

比恩卡下

凯瑟丽娜 啊！你不让我打她吗？好，我知道了，她是你的宝贝，她一定要嫁个好丈夫；我就只好在她结婚的那一天光着脚跳舞，因为你偏爱她的缘故，我一辈子也嫁不出去，死了在地狱里也只能陪猴子玩。不要跟我说话，我要去找个地方坐下来痛哭一场。你看着吧，我总有一天要报仇的。

| 下

巴普提斯塔 世上还有比我更倒霉的父亲吗？可是谁来了？

| 葛莱米奥率路森修作寒士装束、彼特鲁乔率霍坦西奥化装乐师、特拉尼奥率比昂台罗携七弦琴及书籍各上

葛莱米奥 早安，巴普提斯塔先生！

巴普提斯塔 早安，葛莱米奥先生！各位先生，你们都好？

彼特鲁乔 您好，老先生。请问，您不是有一位美貌贤德的女儿名叫凯瑟丽娜吗？

巴普提斯塔 先生，我有一个小女名叫凯瑟丽娜。

葛莱米奥 你说话太莽撞了，要慢慢地说到题目上去。

彼特鲁乔 葛莱米奥先生，请你不用管我。巴普提斯塔先生，我是从维洛那来的一个绅士，因为久闻

令爱美貌多才、端庄贤淑、品格出众、举止温柔，所以不揣冒昧，到府上来做一个不速之客，瞻仰瞻仰这位心仪已久的绝世佳人。为了表示我的寸心起见，我特地介绍这位朋友给您，［介绍霍坦西奥］他熟谙音律，精通数理，可以担任令爱的教师，我知道她对于这两门功课一定研究有素。您要是不嫌弃我，就请把他收留下来；他的名字叫里西奥，是曼多亚人。

巴普提斯塔 你们两位我都一样欢迎。可是说起小女凯瑟丽娜，我实在非常抱歉，她是仰攀不上您这样的一位人物的。

彼特鲁乔 看来您是疼惜令爱，不愿把她遣嫁，否则就是您对我这个人不大满意。

巴普提斯塔 哪里的话，我说的是实在情形。请问贵乡何处，尊姓大名？

彼特鲁乔 贱名是彼特鲁乔，安东尼奥是我的先父，他在意大利是很有一点名望的。

巴普提斯塔 我跟他是很熟的，您原来就是他的贤郎，欢迎欢迎！

葛莱米奥 彼特鲁乔，不要尽管一个人说话，让我们也说几句吧；退后一步，你真太自鸣得意啦。

彼特鲁乔 啊，对不起，葛莱米奥先生，我也巴不得把事情早点讲妥呢。

葛莱米奥 我相信你一定会成功，可是以后你要是后悔今天不该来此求婚，可不要抱怨别人。巴普提斯塔先生，我相信您一定很乐意接受他这份礼物；我因为平常多蒙您另眼相看，十分厚待，所以也要同样地为您效劳，现在特地把这位青年学士介绍给您。[介绍路森修]他曾经在里姆留学多年，对于希腊文、拉丁文以及其他各国语言，都非常精通，不下于那位先生对音乐和数学的造诣。他的名字叫堪比奥，请您准许他在您这儿服务吧。

巴普提斯塔 我非常感谢您的好意，葛莱米奥先生；堪比奥，我很欢迎你。[向特拉尼奥]可是这位先生好像是从外省来的，恕我冒昧，请问尊驾来此有何贵干？

特拉尼奥 巴普提斯塔先生，我才要请您多多原谅呢，因为我初到贵地，居然敢大胆前来，向您美貌贤德的女儿比恩卡小姐求婚，实在是冒昧万分。我也知道您的意思是要先给您那位大女儿许配了婚姻，然后再谈其他，所以我现在唯一的请求，是希望您在知道我的家世以后，能够给我一个和其他各位求婚者同等的机会。这一件不值钱的乐器，和这一包希腊文和拉丁文的书籍，是奉献给两位女公子的一点小小礼物，您要是不嫌菲薄，受纳下来，那就是我莫大的荣幸了。

巴普提斯塔 台甫是路森修，请问府上在什么地方？

特拉尼奥 敝乡是比萨，文森修就是家严。

巴普提斯塔 啊，他是比萨地方数一数二的人物，我闻名已久，您就是他的儿子，欢迎欢迎！［向霍坦西奥］你把这琴拿了，［向路森修］你把这几本书拿了，我就叫人领你们去见你们的学生。喂，来人！

一仆人上

巴普提斯塔 你把这两位先生领去见大小姐二小姐，对她们说这两位就是来教她们的先生，叫她们千万不可怠慢。

仆人领霍坦西奥、路森修下

诸位，我们现在先到花园里散一会儿步，然后吃饭。你们都是难得的嘉宾，请你们相信我是诚心欢迎你们的。

彼特鲁乔 巴普提斯塔先生，我事情很忙，不能每天到府上来求婚。您知道我父亲的为人，您也可以根据我父亲的为人，推测到我这个人是不是靠得住！他去世以后，全部田地产业都已归我承继下来，我自己亲手也挣下了一些家产。现在我要请您告诉我，要是我得到了令爱的垂青，您愿意拨给她怎样一份嫁奁？

巴普提斯塔 我死了以后，我的田地一半都给她，另外再给她两万个克朗。

彼特鲁乔 很好，您既然答应了我这样一份嫁奁，我也可以向她保证要是我比她先死，我的一切田地产业都归她所有。我们现在就把契约订好，双方各执一份为凭吧。

巴普提斯塔 好的，可是最要紧的，还是先去把她的爱求到了再说。

彼特鲁乔 啊，那算得了什么难事！告诉您吧，老伯，她固然脾气高傲，我也是天性刚强；两股烈火遇在一起，就把怒气在燃料上消磨净尽了。一星星的火花，虽然会被微风吹成烈焰，可是一阵拔山倒海的飓风，却可以把大火吹熄；我对她就是这样，她见了我一定会屈服的，因为我是个性格暴躁的人，我不会像小孩子一样谈情说爱。

巴普提斯塔 那么很好，愿你马到成功！可是你要准备着听几句刺耳的话呢。

彼特鲁乔 那我也有恃无恐，尽管狂风吹个不停，山岳是始终屹立不动的。

霍坦西奥头破血流上

巴普提斯塔 怎么，我的朋友！你怎么这样面无人色？

霍坦西奥 我是吓成这个样子的。

巴普提斯塔 怎么，我的女儿是不是一个可造之材？

霍坦西奥 我看令爱很可以当兵打仗去；只有铁链可以锁住她，我这琴儿是经不起她一敲的。

巴普提斯塔 难道她不能学会用琴吗？

霍坦西奥 不然，她用琴打人的手段十分高明。我不过告诉她她把音柱弄错了，按着她的手教她怎样弹奏，她就冒起火来，喊道："你管这些玩意儿叫琴柱吗？好，我就筑你几下。"说着就"砰"地给我迎头一下子，琴给她敲通了，我的头颈也给琴套住了；我像一个戴枷的犯人一样站着发怔，一面她还骂我弹琴的无赖，沿街卖唱的叫花子，以及诸如此类的难听的话，好像她是有意要寻我的晦气。

彼特鲁乔 哎呀，好一个勇敢的姑娘！我现在更加十倍地爱她了。啊，我真想跟她谈谈天！

巴普提斯塔 ［向霍坦西奥］好，你跟我去，请不要懊恼；你可以去教我的小女儿，她很愿意虚心学习，很懂得好歹。彼特鲁乔先生，您愿意陪我们一块儿走走呢，还是让我叫我的女儿凯德出来见您？

彼特鲁乔 有劳您去叫她出来吧，我就在这儿等着她。

［巴普提斯塔、葛莱米奥、特拉尼奥、霍坦西奥等同下

等她来了，我要提起精神来向她求婚：要是她开口骂人，我就对她说她唱的歌儿像夜莺一样曼妙；要是她向我皱眉头，我就说她看上去像浴着朝露的玫瑰一样清丽；要是她默不作声，我就恭维她的能言善辩；要是她叫我滚蛋，我就向她道谢，好像她留我多住一个星期一样；要是她不愿意嫁给我，我就向她请问吉期。她已经来啦，彼特鲁乔，现在要看看你的本领了。

凯瑟丽娜上

彼特鲁乔 早安，凯德，我听说这是你的小名。

凯瑟丽娜 算你生着耳朵会听，可是我这名字是会刺痛你的耳朵的。人家提起我的时候，都叫我凯瑟丽娜。

彼特鲁乔 你骗我，你的名字就叫凯德，你是可爱的凯德，人家有时也叫你泼妇凯德；可是你是世上最美最美的凯德，凯德大厦的凯德，我最娇美的凯德，因为娇美的东西都该叫凯德。所以，凯德，我心上的凯德，请你听我诉说。我因为到处听见人家称赞你的温柔贤德，传扬你的美貌娇姿，虽然他们嘴里说的话，还抵不过你实在的好处的一半，可是我的心却给他们打动了，所以特地前来向你求婚，请你答应嫁给我做妻子。

凯瑟丽娜 打动了你的心！哼！叫那打动你到这儿来的那家伙再打动你回去吧，我早知道你是个给人搬来搬去的东西。

彼特鲁乔 什么东西是给人搬来搬去的？

凯瑟丽娜 就像一张凳子一样。

彼特鲁乔 对了，来，坐在我的身上吧。

凯瑟丽娜　驴子是给人骑坐的，你也就是一头驴子。

彼特鲁乔　女人也是一样，你就是一个女人。

凯瑟丽娜　要想骑我，像尊驾那副模样可不行。

彼特鲁乔　好凯德，我不会叫你承担过多的重量，因为我知道你年纪轻轻——

凯瑟丽娜　要说轻，像你这样的家伙的确抓不住；要说重，我的分量也够瞧的。

彼特鲁乔　够瞧的！够——刁的。

凯瑟丽娜　叫你说着了，你就是个大笨雕。

彼特鲁乔　啊，我的小鸽子，让大雕捉住你好不好？

凯瑟丽娜　你拿我当驯良的鸽子吗？鸽子也会叼虫子哩。

彼特鲁乔　你火性这么大，就像一只黄蜂。

凯瑟丽娜　我倘若是黄蜂，那么留心我的刺吧。

彼特鲁乔　我就把你的刺拔下。

凯瑟丽娜　你知道它的刺在什么地方吗？

彼特鲁乔　谁不知道黄蜂的刺是在什么地方？在尾巴上。

凯瑟丽娜　在舌头上。

彼特鲁乔　在谁的舌头上？

凯瑟丽娜　你的，因为你话里带刺。好吧，再会。

彼特鲁乔　怎么，把我的舌头带在你尾巴上吗？别走，好凯德，我是个冠冕堂皇的绅士。

凯瑟丽娜　我倒要试试看。［打彼特鲁乔］

彼特鲁乔　你再打我，我也要打你了。

凯瑟丽娜　绅士只动口，不动手。你要打我，你就算不了绅士，算不了绅士也就别冠冕堂皇了。

彼特鲁乔　你也懂得绅士的冠冕和章服吗，凯德？欣赏欣赏我吧！

凯瑟丽娜　你的冠冕是什么？鸡冠子？

彼特鲁乔　要是凯德肯做我的母鸡，我也宁愿做老实的公鸡。

凯瑟丽娜　我不要你这个公鸡；你叫得太像鹌鹑了。

彼特鲁乔　好了好了，凯德，请不要这样横眉怒目的。

凯瑟丽娜　我看见了丑东西，总是这样的。

彼特鲁乔　这里没有丑东西，你应当和颜悦色才是。

凯瑟丽娜　谁说没有？

彼特鲁乔　请你指给我看。

凯瑟丽娜　我要是有镜子，就可以指给你看。

彼特鲁乔　啊，你是说我的脸吗？

凯瑟丽娜　年轻轻的，识见倒很老成。

彼特鲁乔　凭圣乔治起誓，你会发现我是个年轻力壮的汉子。

凯瑟丽娜　哪里？你一脸皱纹。

彼特鲁乔　那是思虑过多的缘故。

凯瑟丽娜　你就思虑去吧。

彼特鲁乔　请听我说，凯德；你想这样走了可不行。

凯瑟丽娜　倘若我留在这儿，我会叫你讨一场大大的没趣的，还是放我走吧。

彼特鲁乔　不，一点也不，我觉得你是无比地温柔。人家说你很暴躁，很骄傲，性情十分乖僻，现在我才知道别人的话完全是假的，因为你是潇洒娇憨，和蔼谦恭，说起话来腼腼腆腆的，就像春天的花朵一样可爱。你不会颦眉蹙额，也不会斜着眼睛看人，更不会像那些性情嚣张的女人一样咬着嘴唇；你不喜欢在谈话中间和别人顶撞，你款待求婚的男子，都是那么温和柔婉。为什么人家要说凯德走起路来有些跷呢？这些爱造谣言的家伙！凯德是像榛树的枝儿一样娉婷纤直的。啊，让我瞧瞧你走路的姿势吧，你那轻盈的步伐是多么醉人！

凯瑟丽娜　傻子，少说些疯话吧！去对你家里的下人们发号施令去。

彼特鲁乔　在树林里漫步的狄安娜女神，能够比得上在这间屋子里姗姗徐步的凯德吗？啊，让你做狄安娜女神，让她做凯德吧，你应当分给她几分贞洁，她应当分给你几分风流！

凯瑟丽娜 你这些好听的话是向谁学来的？

彼特鲁乔 我这些话都是不假思索，随口而出。

凯瑟丽娜 准是你妈妈口里的；你不过是个愚蠢学舌的儿子。

彼特鲁乔 我的话难道不是火热的吗？

凯瑟丽娜 勉强还算暖和。

彼特鲁乔 是啊，可爱的凯瑟丽娜，我正打算到你的床上去暖和暖和呢。闲话少说，让我老实告诉你，你的父亲已经答应把你嫁给我做妻子，你的嫁奁也已经议定了，你愿意也好，不愿意也好，我一定要和你结婚。凯德，我们两人是天造地设的一双佳偶，我真喜欢你，你是这样地美丽，你除了我之外，不能嫁给别人，因为我是天生下来要把你降伏的，我要把你从一个野性的凯德变成一个柔顺听话的贤妻良母。你的父亲来了，你不能不答应，我已经下了决心，一定要娶凯瑟丽娜做妻子。

| 巴普提斯塔、葛莱米奥及特拉尼奥重上

巴普提斯塔 彼特鲁乔先生,您跟我的女儿谈得怎么样啦?

彼特鲁乔 难道还会不圆满吗?我知道我一定不会失败。

巴普提斯塔 啊,怎么,凯瑟丽娜我的女儿!你怎么不大高兴?

凯瑟丽娜 你还叫我女儿吗?你真是一个好父亲,要我嫁给一个疯疯癫癫的汉子、一个轻薄的恶少、一个胡说八道的家伙,他以为凭着几句疯话,就可以把事情硬干成功。

彼特鲁乔 老伯,事情是这样的:人家所讲的关于她的种种的话,都是错的,就是您自己也有些不大知道令爱的为人;她那些泼辣的样子,都是故意装出来的,其实她一点不倔强,却像鸽子一样地柔和,她一点不暴躁,却像黎明一样地安静,她的忍耐、她的贞洁,可以和古代的贤媛媲美;总而言之,我们彼此的意见十分融洽,我们已经决定在星期日举行婚礼了。

凯瑟丽娜 我要看你在星期日上吊!

葛莱米奥 彼特鲁乔,你听,她说她要看你在星期日上吊。

特拉尼奥 这就是你所夸耀的成功吗?看来我们的希望也都完了!

彼特鲁乔 两位不用着急，我自己选中了她，只要她满意，我也满意，不就行了吗？我们两人刚才已经约好，当着人的时候，她还是装作很泼辣的样子。我告诉你们吧，她那么爱我，简直不能叫人相信；啊，最多情的凯德！她挽住我的头颈，把我吻了又吻，一遍遍地发着盟誓，我在一霎眼间，就完全被她征服了。啊，你们都是不曾经历过恋爱妙谛的人，你们不知道男人女人私下在一起的时候，一个最不中用的懦夫也会使世间最凶悍的女人驯如绵羊。凯德，让我吻一吻你的手。我就要到威尼斯去购办结婚礼服去了。岳父，您可以预备酒席，宴请宾客了。我可以断定凯瑟丽娜在那天一定打扮得非常美丽。

巴普提斯塔 我不知道应当怎么说，可是把你们两人的手给我，彼特鲁乔，愿上帝赐您快乐！这门亲事算是定妥了。

葛莱米奥
特拉尼奥 阿门！我们愿意在场做证。

彼特鲁乔 岳父，贤妻，各位，再见了。我要到威尼斯去，星期日就在眼前了。我们要有很多的戒指，很多的东西，很好的陈设。凯德，吻我吧，我们星期日就要结婚了。

| 彼特鲁乔、凯瑟丽娜各下

葛莱米奥 有这样速成的婚姻吗？

巴普提斯塔 老实对两位说吧，我现在就像一个商人，因为货物急于出手，这注买卖究竟做得做不得，也在所不顾了。

特拉尼奥 这是一笔使你摇头的滞货，现在有人买了去，也许有利可得，也许人财两空。

巴普提斯塔 我也不希望什么好处，但愿他们婚后平安无事就是了。

葛莱米奥 他娶了这样一位夫人去，一定会家宅安宁的。可是巴普提斯塔先生，现在要谈到您的第二位女儿了，我们好容易才盼到这一天。你我是邻居素识，而且我是第一个来求婚的人。

特拉尼奥 可是我对于比恩卡的爱，是不能用言语来形容，也不是您所能想象得到的。

葛莱米奥 你是个后生小子，哪里会像我一样真心爱人。

特拉尼奥 瞧你胡须都斑白了，你的爱情是冰冻的。

葛莱米奥 你的爱情会把人烧坏。无知的小儿，退后去，你不懂得应该让长者居先的规矩吗？

特拉尼奥　可是在娘儿们的眼睛里，年轻人是格外讨人喜欢的。

巴普提斯塔　两位不必争执，让我给你们公平调处；我们必须根据实际的条件判定谁是锦标的得主。你们两人中谁能够答应给我的女儿更重的聘礼，谁就可以得到我的比恩卡的爱。葛莱米奥先生，您能够给她什么保证？

葛莱米奥　第一，您知道我在城里有一所房子，陈设着许多金银器皿，金盆玉壶给她洗纤纤的嫩手，室内的帷幕都用古代的锦绣制成，象牙的箱子里满藏着金币，杉木的橱里堆垒着锦毡绣帐、绸缎绫罗、美衣华服、珍珠镶嵌的绒垫、金线织成的流苏以及铜锡用具，一切应用的东西。在我的田庄里，我还有一百头乳牛，一百二十头公牛，此外的一切可以依此类推。我必须承认我自己已经上了几岁年纪，要是我明天死了，这一切都是她的，只要当我活着的时候，她愿意做我一个人的妻子。

特拉尼奥　这“一个人”三个字加得很妙！巴普提斯塔先生，请您听我说：我父亲只有我一个儿子，我是他唯一的后嗣，令爱倘若嫁给了我，我可以把我在比萨城内三四所像这位葛莱米奥老先生所有的一样好的房子归在她的名下，此外还有田地上每年两千块金圆的收入，都给她作为我死后的她的终身的产业。葛莱米奥先生，您听了我的话很不舒服吗？

葛莱米奥 田地上每年两千块金圆的收入！我的田地都加起来也不值那么多，可是我除了把我所有的田地给她之外，还可以给她一艘大商船，现在它就在马赛的码头边停泊着。啊，你听我说起了一艘大商船，吓得说不出话来了吗？

特拉尼奥 葛莱米奥，你去打听打听，我的父亲有三艘大商船，还有两艘大划船，十二艘小划船，我可以把这些都划给她；你要是还有什么家私给她的话，我都可以加倍给她。

葛莱米奥 不，我的家私尽在于此，她可以得到我所有的一切。您要是认为满意的话，那么我和我的财产都是她的。

特拉尼奥 您已经有言在先，令爱当然是属于我的。葛莱米奥已经给我压倒了。

巴普提斯塔 我必须承认您所答应的条件比他强，只要令尊能够亲自给她保证，她就可以嫁给您；否则恕我说句不客气的话，要是您比令尊先死，那么她的财产岂不是落了空？

特拉尼奥 那您可太多心了，他年纪已经老了，我还年轻得很哩。

葛莱米奥 难道年轻的人就不会死？

巴普提斯塔 好，两位先生，我已经这样决定了。你们知道下一个星期日是我的大女儿凯瑟丽娜的婚期；再下一个星期，就是比恩卡的婚期，您要是能够给她确实的保证，她就嫁给您，否则就嫁给葛莱米奥。多谢两位光临，现在我要失陪了。

葛莱米奥 再见，巴普提斯塔先生。

| 巴普提斯塔下

我可不把你放在心上，你这败家的浪子！你父亲除非是一个傻子，才肯把全部财产让你来挥霍，活到这一把年纪来受你的摆布。哼！一头意大利的老狐狸是不会这样慷慨的，我的孩子！

| 下

特拉尼奥 这该死的坏老头子！可是我刚才吹了那么大的

牛，无非是想要成全我主人的好事，现在我这个冒牌的路森修，却必须去找一个冒牌的文森修来认作父亲。笑话年年有，今年分外多，人家都是先有父亲后有儿子，这回的婚事却是先有儿子后有父亲。

｜下

Act_3

第三幕

第一场

帕度亚。巴普提斯塔家中一室

路森修、霍坦西奥及比恩卡上

路森修 喂，弹琴的，你也太猴急了；难道你忘记了她的姊姊凯瑟丽娜是怎样欢迎你的吗？

霍坦西奥 谁要你这酸学究多嘴！音乐是使宇宙和谐的守护神，所以还是让我先去教她音乐吧；等我教完了一点钟，你也可以给她讲一点钟的书。

路森修 荒唐的驴子，你因为没有学问，所以不知道音乐的用处！它不是在一个人读书或是工作疲倦了以后，舒散舒散他精神的吗？所以你应当让我先去跟她讲解哲学，等我讲完了，你再奏你的音乐好了。

霍坦西奥　嘿，我可不能受你的气！

比恩卡　两位先生，先教音乐还是先念书，那要看我自己的高兴，你们这样争先恐后，未免太不像话了。我不是在学校里给先生打手心的小学生，我念书没有规定的钟点，自己喜欢学什么便学什么，你们何必这样子呢？大家不要吵，请坐下来；您把乐器预备好，您一面调整弦音，他一面给我讲书；等您调好了音，他的书也一定讲完了。

霍坦西奥　好，等我把音调好以后，您可不要听他讲书了。

［退坐一旁］

路森修　你去调你的乐器吧，我看你永远是个不入调的。

比恩卡　我们上次讲到什么地方？

路森修　这儿，小姐：Hac ibat Simois; hic est Sigeia tellus; Hic steterat Priami regia celsa senis.

比恩卡　请您解释给我听。

路森修　Hac ibat，我已经对你说过了，Simois，我是路森修，hic est，比萨地方文森修的儿子，Sigeia tellus，因为希望得到你的爱，所以化装来此；Hic steterat，冒充路森修来求婚的，priami，是我的仆人特拉尼奥，regia，他假扮成我的样子，celsa senis，是为了哄骗那个老头子。

霍坦西奥 ［回原处］小姐，我的乐器已经调好了。

比恩卡 您弹给我听吧。［霍坦西奥弹琴］哎呀，那高音部分怎么这样难听！

路森修 朋友，你吐一口唾沫在那琴眼里，再给我去重新调一下吧。

比恩卡 现在让我来解释解释看：Hac ibat Simois，我不认识你；hic est Sigeia tellus，我不相信你；Hic steterat Priami，当心被他听见；regia，不要太自信；celsa senis，不必灰心。

霍坦西奥 小姐，现在调好了。

路森修 只除了下面那个音。

霍坦西奥 说得很对；因为有个下流的浑蛋在捣乱。我们的学究先生倒是满神气活现的！［旁白］这家伙一定在向我的爱人调情，我倒要格外注意他才好。

比恩卡 慢慢地我也许会相信你，可是现在我却不敢相信你。

路森修 请你不必疑心，埃阿西得斯就是埃阿斯，他是照他的祖父取名的。

比恩卡 你是我的先生，我必须相信你，否则我还要跟你辩论下去呢。里西奥，现在要轮到你啦。两位好先生，我跟你们随便说着玩的话，请不要见怪。

霍坦西奥 ［向路森修］你可以到外面去走走，不要打搅我们，这门音乐课用不着三部合奏。

路森修 你还有这样的讲究吗？［旁白］好，我就等着，我要留心观察他的行动，因为我相信我们这位大音乐家有点儿色眯眯起来了。

霍坦西奥 小姐，在您没有接触这乐器、开始学习手法以前，我必须先从基本方面教起，简简单单地把全部音阶向您讲述一个大概，您会知道我这教法要比人家的教法更有趣更简捷。我已经把它们写在这里。

比恩卡 音阶我早已学过了。

霍坦西奥 可是我还要请您读一读霍坦西奥的音阶。

比恩卡 ［读］

G是“度”，你是一切和谐的基础，
A是“累”，霍坦西奥对你十分爱慕；
B是“迷”，比恩卡，他要娶你为妻，
C是“发”，他拿整个心儿爱着你；
D是“索’，也是“累”，一个调门两个音，

E是“拉”，也是“迷”，可怜我一片痴心。这算是什么音阶？哼，我可不喜欢那个。还是老法子好，这种稀奇古怪的玩意儿我不懂。

| 一仆人上

仆人 小姐，老爷请您不要读书了，叫您去帮助他们把大小姐的房间装饰装饰，因为明天就是大喜的日子了。

比恩卡 两位先生，我现在要少陪了。

| 比恩卡及仆人下

路森修 她已经去了，我还待在这儿干吗？

| 下

霍坦西奥 可是我却要仔细调查这个穷酸，我看他好像在害着相思。比恩卡，比恩卡，你要是甘心降尊纡贵，垂青到这样一个呆鸟身上，那么谁爱要你，谁就要你吧；如果你这样水性杨花，霍坦西奥也要和你一刀两断，另觅新欢了。

| 下

第　二　场

同前。巴普提斯塔家门前

巴普提斯塔、葛莱米奥、特拉尼奥、凯瑟丽娜、比恩卡、路森修及从仆等上

巴普提斯塔　［向特拉尼奥］路森修先生，今天是定好彼特鲁乔和凯瑟丽娜结婚的日子，可是我那位贤婿到现在还没有消息。这像什么话呢？牧师等着为新夫妇证婚，新郎却不知去向，这不是笑话吗！路森修，您说这不是一桩丢脸的事吗？

凯瑟丽娜　谁也不丢脸，就是我一个人丢脸。你们不管我愿意不愿意，硬要我嫁给一个疯头疯脑的家

伙，他求婚的时候那么性急，一到结婚的时候，却又这样慢腾腾了。我对你们说吧，他是一个疯子，他故意装出这一副穷形极相来开人家的玩笑；他为了要人家称赞他是一个爱寻开心的角色，会去向一千个女人求婚，和她们约定婚期，请好宾朋，宣布订婚，可是却永远不和她们结婚。人家现在将要指点着苦命的凯瑟丽娜说："瞧！这是那个疯汉彼特鲁乔的妻子，要是他愿意来和她结婚。"

特拉尼奥 不要懊恼，好凯瑟丽娜；巴普提斯塔先生，您也不要生气。我可以保证彼特鲁乔没有恶意，他今天失约，一定有什么缘故。他虽然有些莽撞，可是我知道他是个很有见识的人；虽然爱开玩笑，然而人倒是很诚实的。

凯瑟丽娜 算我倒霉碰到了他！

| 哭泣下，比恩卡及余众随下

巴普提斯塔 去吧，孩子，我现在可不怪你伤心；受到这样的欺侮，就是圣人也会发怒，何况是你这样一个脾气暴躁的泼妇。

| 比昂台罗上

比昂台罗 少爷，少爷！新闻！旧新闻！您从来没有听见

过这样奇怪的新闻！

巴普提斯塔　什么，新闻，又是旧新闻？这是怎么回事？

比昂台罗　彼特鲁乔来了，这不是新闻吗？

巴普提斯塔　他已经来了吗？

比昂台罗　没有。

巴普提斯塔　这话怎么讲？

比昂台罗　他就要来了。

巴普提斯塔　他什么时候可以到这里？

比昂台罗　等他站在这地方和你们见面的时候。

特拉尼奥　可是你说你有什么旧新闻？

比昂台罗　彼特鲁乔就要来了；他戴着一顶新帽子，穿着一件旧马甲，他那条破旧的裤子脚管高高卷起；一双靴子千疮百孔，可以用来插蜡烛，一只用扣子扣住，一只用带子缚牢；他还佩着一柄武器库里拿出来的锈剑，柄也断了，鞘子也坏了，剑锋也钝了；他骑的那匹马儿，鞍鞯已经蛀破，镫子不知像个什么东西；那马儿鼻孔里流着涎，上腭发着炎肿，浑身都是疮疖，腿上也肿，脚上也肿，再加害上黄疸病、耳下腺炎、脑脊髓炎、寄生虫病，弄得脊梁歪转，肩膀脱骱；它的前腿是向内弯曲的，嘴里衔着只有半面拉紧的马衔，头上套着羊皮做成的缰勒，因为防那马儿颠踬，不知拉断了多少次，断了再把它结拢，现在已经打了无数结子，那肚带曾经补缀过六次，还有一副天鹅绒的女人用的马鞦，上面用小钉嵌着她名字的两个字母，好几块地方是用粗麻线补缀过的。

巴普提斯塔 谁跟他一起来的？

比昂台罗 啊，老爷！他带着一个跟班，装束得就跟那匹马差不多，一只脚上穿着麻线袜，一只脚上穿着罗纱的连靴袜，用红蓝两色的布条做着袜带，破帽子上插着一卷烂纸充当羽毛，那样子就像一个妖怪，哪里像个规规矩矩的仆人或者绅士的跟班！

特拉尼奥 他大概一时高兴，所以打扮成这个样子；他平常出来的时候，往往装束得很俭朴。

巴普提斯塔 不管他怎么来法，既然来了，我也就放了心了。

比昂台罗 老爷，他可不会来。

巴普提斯塔 你刚才不是说他来了吗？

比昂台罗 谁来了？彼特鲁乔吗？

巴普提斯塔 是啊，你说彼特鲁乔来了。

比昂台罗 没有，老爷。我说他的马来了，他骑在马背上。

巴普提斯塔　那还不是一样吗？

比昂台罗　圣杰美为我做主！
我敢跟你打个赌，
一匹马，一个人，
比一个，多几分，
比两个，又不足。

彼特鲁乔及葛鲁米奥上

彼特鲁乔　喂，这一班公子哥儿呢？谁在家里？

巴普提斯塔　您来了吗？欢迎欢迎！

彼特鲁乔　我来得很莽撞。

巴普提斯塔　你倒是不吞吞吐吐。

特拉尼奥　可是我希望你能打扮得更体面一些。

彼特鲁乔　打扮有什么要紧？反正我得尽快赶来。但是凯德呢？我的可爱的新娘呢？老丈人，您好？各位先生，你们怎么都皱着眉头？为什么大家出神呆看，好像瞧见了什么奇迹，什么彗星，什么稀奇古怪的东西一样？

巴普提斯塔　您知道今天是您举行婚礼的日子，我们刚才很觉得扫兴，因为担心您也许不会来了；现在您来了，却这样一点没有预备，更使我们扫兴万分。快把这身衣服换一换，它太不合您的身分，而且在这样郑重的婚礼中间，也会让人瞧着笑话的。

特拉尼奥 请你告诉我们什么要紧的事情绊住了你，害你的尊夫人等得这样久？难道你这样忙，来不及换一身像样一些的衣服吗？

彼特鲁乔 说来话长，你们一定不愿意听；总而言之，我现在已经守约前来，就是有些不周之处，也是没有办法；等我有了空，再向你们解释，一定使你们满意就是了。可是凯德在哪里？我应该快去找她，时间不早了，该到教堂里去了。

特拉尼奥 你穿得这样不成体统，怎么好见你的新娘？快到我的房间里去，把我的衣服拣一件穿上吧。

彼特鲁乔 谁要穿你的衣服？我就这样见她又有何妨？

巴普提斯塔 可是我希望您不是打算就这样和她结婚吧。

彼特鲁乔 当然，就是这样；别 里 唆了。她嫁给我，又不是嫁给我的衣服；假使我把这身破烂的装束换掉，就能够补偿我为她所花的心血，那么对凯德和我说来都是莫大的好事。可是我这样跟你们说些废话，真是个傻子，我现在应该向我的新娘请安去，还要和她亲一个正名定分的嘴哩。

| 彼特鲁乔、葛鲁米奥、比昂台罗同下

特拉尼奥 他打扮得这样疯疯癫癫，一定另有用意。我们还是劝他穿得整齐一点，再到教堂里去吧。

巴普提斯塔 我要跟去，看这事到底怎样了局。

| 巴普提斯塔、葛莱米奥及从仆等下

特拉尼奥 少爷，我们不但要得到她的欢心，还必须得到她父亲的好感，所以我也早就对您说过，我要去找一个人来扮作比萨的文森修，不管他是什么人，我们都可以利用他达到我们的目的。我已经夸下海口，说是我可以给比恩卡多重的一份聘礼，现在再找个冒牌的父亲来，叫他许下更大的数目，这样您就可以如愿以偿，坐享其成，得到一位如花似玉的夫人了。

路森修 倘不是那个教音乐的家伙一眼不放松地监视着比恩卡的行动，我倒希望和她秘密举行婚礼，等到木已成舟，别人就是不愿意也无可如何了。

特拉尼奥 那我们可以慢慢地等机会。我们要把那个花白胡子的葛莱米奥、那个精明的父亲米诺拉、那个可笑的音乐家、自作多情的里西奥，全都哄骗过去，让我的路森修少爷得到最后胜利。

| 葛莱米奥重上

特拉尼奥 葛莱米奥先生，您是从教堂里来的吗？

葛莱米奥 正像孩子们放学归来一样，我走出了教堂的门，也觉得如释重负。

特拉尼奥 新娘新郎都回来了吗？

葛莱米奥 你说他是个新郎吗？他是个卖破烂的货郎，口出不逊的郎中，那姑娘早晚会明白的。

特拉尼奥 难道他比她更凶？哪有这样的事？

葛莱米奥 哼，他是个魔鬼，是个魔鬼，简直是个魔鬼！

特拉尼奥 她才是个魔鬼母夜叉呢。

葛莱米奥 嘿！她比起他来，简直是头羔羊，是只鸽子，是个傻瓜呢。我告诉你，路森修先生，当那牧师正要问他愿不愿意娶凯瑟丽娜为妻的时候，他就说："是啊，他妈的！"他还高声赌咒，把那牧师吓得连手里的《圣经》都掉下来了；牧师正要弯下身子去把它拾起来，这个疯狂的新郎又一拳把他连人带书、连书带人地打在地上，嘴里还说："谁要是高兴，让他去把他搀起来吧。"

特拉尼奥 牧师站起来以后，那女人怎么说呢？

葛莱米奥 她吓得浑身发抖，因为他顿足大骂，就像那牧师敲诈了他似的。可是后来仪式完毕了，他又叫人拿酒来，好像他是在一艘船上，在一场风波平静以后，和同船的人们开怀畅饮一样；他喝干了酒，把浸在酒里的面包丢到教堂司事的脸上，他的理由只是那司事的胡须稀疏干枯，好像要向他讨些东西吃似的。然后他就搂着新娘的头颈，亲她的嘴，那咂嘴的声音响得那样厉害，弄得四壁都发出了回声。我看见这个样子，倒觉得非常不好意思，所以就出来了。闹得乱哄哄的这一班人，大概也要来了。这种疯狂的婚礼真是难得看见。听！听！那边不是乐声吗？［音乐］

彼特鲁乔、凯瑟丽娜、比恩卡、巴普提斯塔、霍坦西奥、葛鲁米奥及扈从等重上

彼特鲁乔 各位来宾，各位朋友，我谢谢你们的好意。我知道你们今天想要参加我的婚宴，已经为我备下了丰盛的酒席，可惜我因为事情很忙，不能久留，所以我想就此告别了。

巴普提斯塔 难道你今晚就要去吗？

彼特鲁乔 我必须趁天色未暗赶回去。你们不要奇怪，要是你们知道我还有些什么事情必须办好，你们就要催我快去，不会留我了。我谢谢你们各位，你们已经看见我把自己奉献给这个最和顺、最可爱、最贤惠的妻子了。大家不要客气，陪我的岳父多喝几杯，我一定要走了，再见。

特拉尼奥 让我们请您吃过了饭再走吧。

彼特鲁乔 那不成。

葛莱米奥 请您赏我一个面子，吃了饭去。

彼特鲁乔 不能。

凯瑟丽娜 让我请求你多留一会儿。

彼特鲁乔 我很高兴。

凯瑟丽娜 你高兴留着吗？

彼特鲁乔 因为你留我，所以我很高兴；可是我不能留下来，你怎么请求我都没用。

凯瑟丽娜 你要是爱我，就不要去。

彼特鲁乔 葛鲁米奥，备马！

葛鲁米奥 大爷，马已经备好了；燕麦已经被马吃光了。

凯瑟丽娜 好，那么随你的便吧，我今天可不去，明天也不去，要是一辈子不高兴去，我就一辈子不去。大门开着，没人拦住你，你的靴子还管事，就趿拉着走吧。可是我却要等自己高兴的时候再去；你刚一结婚就摆出这种威风来，将来我岂不要整天看你的脸色吗？

彼特鲁乔 啊，凯德！请你不要生气。

凯瑟丽娜 我生气你便怎样？爸爸，别理他，我说不去就不去。

葛莱米奥 你看，先生，已经热闹起来了。

凯瑟丽娜 诸位先生，大家请入席吧。我知道一个女人倘若一点不知道反抗，她会终生被人愚弄的。

彼特鲁乔 凯德，你叫他们入席，他们必须服从你的命令。大家听新娘的话，快去喝酒吧，痛痛快快地高兴一下，否则你们就给我上吊去。可是我那娇滴滴的凯德必须陪我一起去。哎哟，你们不要睁大了眼睛，不要顿足，不要发怒，我自己的东西难道自己做不得主？她是我的家私、我的财产；她是我的房屋、我的家具、我的田地、我的谷仓、我的马、我的牛、我的驴子，我的一切；她现在站在这地方，看谁敢碰她一碰。谁要是挡住我的去路，不管他是个什么了不得的人物，我都要对他不起。葛鲁米奥，拿出你的武器来，我们现在给一群强盗围住了，快去把你的主妇救出来，才是个好小子。别怕，好娘儿们，他们不会碰你的，凯德，就算他们是百万大军，我也会保护你的。

| 彼特鲁乔、凯瑟丽娜、葛鲁米奥

同下

巴普提斯塔 让他们去吧，去了倒清静些。

葛莱米奥 倘不是他们这么快就去了，我笑也要笑死了。

特拉尼奥 这样疯狂的婚姻今天真是第一次看到。

路森修 小姐，您对于令姊有什么意见？

比恩卡 我说，她自己就是个疯子，现在配到一个疯汉了。

葛莱米奥 我看彼特鲁乔这回讨了个制伏他的人去了。

巴普提斯塔 各位高邻朋友，新娘新郎虽然缺席，但桌上有的是美酒佳肴。路森修，您就坐在新郎的位子上，让比恩卡代替她的姊姊吧。

特拉尼奥 比恩卡现在就要学做新娘了吗？

巴普提斯塔 是的，路森修。来，各位，我们进去吧。

| 同下

Act_4

第四幕

第　一　场

彼特鲁乔乡间住宅中的厅堂

葛鲁米奥上

葛鲁米奥　他妈的，马这样疲乏，主人这样疯狂，路这样泥泞难走！谁给人这样打过？谁给人这样骂过？谁像我这样辛苦？他们叫我先回来生火，好让他们回来取暖。倘不是我小小壶儿容易热，等不到走到火炉旁边，我的嘴唇早已冻结在牙齿上，舌头冻结在上颚上，我那颗心也冻结在肚子里了。现在让我一面扇火，一面自己也烘烘暖吧，像这样的天气，比我再高大一点的人也要受寒的。喂！寇提斯！

| 寇提斯上

寇提斯 谁在那儿冷冰冰地叫着我？

葛鲁米奥 是一块冰。你要是不相信，可以从我的肩膀一直滑到我的脚跟。好寇提斯，快给我生起火来。

寇提斯 大爷和他的新夫人就要来了吗，葛鲁米奥？

葛鲁米奥 啊，是的，寇提斯，是的，所以快些生火呀，可别往上浇水。

寇提斯 她真是像人家所说的那样一个火性很大的泼妇吗？

葛鲁米奥 在冬天没有到来以前，她是个火性很大的泼妇；可是像这样冷的天气，无论男人、女人、畜生，火性再大些也是抵抗不住的。连我的旧主人，我的新主妇，带我自己全让这股冷气制伏了，寇提斯大哥。

寇提斯 去你的，你这三寸钉！你自己是畜生，别和我称兄道弟的。

葛鲁米奥 我才有三寸吗？你脑袋上的绿头巾有一尺长，我也足有那么长。你要再不去生火，我可要告诉我们这位新奶奶，谁都知道她很有两手，一手下去，你就吃不消。谁叫你干这种热活却是那么冷冰冰的！

寇提斯　好葛鲁米奥，请你告诉我，外面有什么消息？

葛鲁米奥　外面是一个寒冷的世界，寇提斯，只有你的工作是热的；所以快生起火来吧，鞠躬尽瘁，自有厚赏。大爷和奶奶都快要冻死了。

寇提斯　火已经生好，你可以讲新闻给我听了。

葛鲁米奥　好吧，"来一杯，喝一杯！"你爱听多少新闻都有。

寇提斯　得了，别这么急人了。

葛鲁米奥　那你就快生火呀；我这是冷得发急。厨子呢？晚饭烧好了没有？屋子收拾了没有？芦草铺上了没有？蛛网扫净了没有？用人们穿上了新衣服白袜子没有？管家披上了婚礼制服没有？公的酒壶、母的酒瓶，里外全擦干净了没有？桌布铺上了没有？一切都布置好了吗？

寇提斯　都预备好了，那么请你讲新闻吧。

葛鲁米奥　第一，你要知道，我的马已经走得十分累了，大爷和奶奶也闹翻了。

寇提斯　怎么？

葛鲁米奥　从马背上翻到烂泥里，因此就有了下文。

寇提斯 讲给我听吧，好葛鲁米奥。

葛鲁米奥 把你的耳朵伸过来。

寇提斯 好。

葛鲁米奥 [打寇提斯]喏。

寇提斯 我要你讲给我听，谁叫你打我？

葛鲁米奥 这一个耳光是要把你的耳朵打清爽。现在我要开始讲了。首先：我们走下了一个崎岖的山坡，奶奶骑着马在前面，大爷骑着马在后面——

寇提斯 是一匹马还是两匹马？

葛鲁米奥 这跟你有什么关系？

寇提斯 咳，就是人马的关系。

葛鲁米奥 你要是知道得比我还仔细，那么请你讲吧。都是你打断了我的话头，否则你可以听到她的马怎样跌了一跤，把她压在底下；那地方是怎样的泥泞，她浑身脏成怎么一个样子；他怎么让那马把她压住，怎么因为她的马跌了一跤而把我痛打；她怎么在烂泥里爬起来把他扯开；他怎么骂人；她怎么向他求告，她是从来不曾向别人求告过的；我怎么哭；马怎么逃走；她的马缰怎么断了；我的马鞦怎么丢了；还有许许多多新鲜的事情，现在只有让它们永远埋没，你到死也不能长这一分见识了。

寇提斯 这样说来，他比她还要厉害了。

葛鲁米奥 是啊，你们等他回来瞧着吧。可是我何必跟你讲这些话？去叫纳森聂尔、约瑟夫、尼古拉斯、腓力普、华特、休格索普他们这一批人出来吧，叫他们把头发梳光，衣服刷干净，袜带要大方而不扎眼，行起礼来不要忘记屈左膝，在吻手以前，连大爷的马尾巴也不要摸一摸。他们都预备好了吗？

寇提斯 都预备好了。

葛鲁米奥 叫他们出来。

寇提斯 你们听见了吗？喂！大爷就要来了，快出来迎接，还要服侍新奶奶哩。

葛鲁米奥 她自己会走路。

寇提斯 这个谁不知道？

葛鲁米奥 你就好像不知道，不然你干吗要叫人来扶着她？

寇提斯 我是叫他们来给她帮帮忙。

葛鲁米奥 用不着，她不是来向他们告帮的。

| 众仆人上

纳森聂尔　欢迎你回来，葛鲁米奥！

腓力普　你好，葛鲁米奥！

约瑟夫　啊，葛鲁米奥！

尼古拉斯　葛鲁米奥，好小子！

纳森聂尔　怎么样，小伙子？

葛鲁米奥　欢迎你；你好，你；啊，你；好小子，你；现在我们打过招呼了，我漂亮的朋友们，一切都预备好，收拾清楚了吗？

纳森聂尔　一切都预备好了。大爷什么时候可以到来？

葛鲁米奥　就要来了，现在大概已经下马了；所以你们必须——哎哟，静些！我听见他的声音了。

| 彼特鲁乔及凯瑟丽娜上

彼特鲁乔　这些混账东西都在哪里？怎么门口没有一个人来扶我的马镫，接我的马？纳森聂尔！葛雷古利！腓力普！

众仆人　有，大爷；有，大爷。

彼特鲁乔　有，大爷！有，大爷！有，大爷！有，大爷！你们这些木头人一样的不懂规矩的奴才！你们可以不用替主人做事，什么名分都不讲了吗？我先打发回来的那个蠢材在哪里？

葛鲁米奥 在这里，大爷，还是和先前一样蠢。

彼特鲁乔 这婊子生的下贱东西！我不是叫你召齐了这批狗头，到大门口来接我的吗？

葛鲁米奥 大爷，纳森聂尔的外衣还没有做好，盖勃里尔的鞋子后跟上全是洞，彼得的帽子没有刷过黑烟，华特的剑在鞘子里锈住了拔不出来，只有亚当、拉尔夫和葛雷古利的衣服还算整齐，其余的都破旧不堪，像一群叫花子似的。可是他们现在都来迎接您了。

彼特鲁乔 去，浑蛋们，把晚饭拿来。

若干仆人下

[唱]"想当年，我也曾——"那些家伙全——坐下吧，凯德，你到家了，嗯，嗯，嗯，嗯。

数仆持食具重上

彼特鲁乔 怎么，到这时候才来？——可爱的好凯德，你应当快乐一点。——混账东西，给我把靴子脱下来！死东西，有耳朵没有？[唱]"有个灰衣的行脚僧，在路上奔波不停——"该死的狗才！你把我的脚都拉痛了；我非得揍你，好叫你脱那只的时候当心一点。[打仆人]凯德，你高兴起来呀。喂！给我拿水来！我的猎狗特洛伊罗斯呢？嗨，小子，你去把我的表弟腓迪南找来。

[仆人下

凯德，你应该跟他见个面，认识认识。我的拖鞋在什么地方？怎么，没有水吗？凯德，你来洗手吧。[仆人失手将水壶跌落地上，彼特鲁乔打仆人]这狗娘养的！你故意让它跌在地下吗？

凯瑟丽娜 请您别生气，这是他无心的过失。

彼特鲁乔 这狗娘养的笨虫！来，凯德，坐下来，我知道你肚子饿了。是由你来做祈祷呢，好凯德，还是我来做？这是什么？羊肉吗？

仆甲 是的。

彼特鲁乔 谁拿来的？

仆甲 是我。

彼特鲁乔 它焦了；所有的肉都焦了。这批狗东西！那个混账厨子呢？你们好大胆子，知道我不爱吃这种东西，还敢把它拿出来！[将肉等向众仆人掷去]盆儿杯儿盘儿一起还给你们吧，你们这些没有头脑不懂规矩的奴才！怎么，你在咕噜些什么？等着，我就来跟你算账。

凯瑟丽娜 夫君，请您不要那么生气，这肉烧得还不错哩。

彼特鲁乔 我对你说，凯德，它已经烧焦了；再说，医生也曾经特别告诉我不要碰羊肉；因为吃下去有伤脾胃，会使人脾气暴躁的。我们两人的脾气本来就暴躁，所以还是挨些饿，不要吃这种烧焦的肉吧。请你忍耐些，明天我叫他们烧得好一点，今夜我们两个人饿一夜。来，我领你到你的新房里去。

| 彼特鲁乔、凯瑟丽娜、寇提斯同下

纳森聂尔 彼得，你看见过这样的事情吗？

彼得 这叫作以其人之道，还治其人之身。

| 寇提斯重上

葛鲁米奥 他在哪里？

寇提斯 在她的房间里，向她大讲节制的道理，嘴里不断骂人，弄得她坐立不安，眼睛也不敢看，话也不敢说，只好呆呆坐着，像一个刚从梦里醒来的人一般，看样子怪可怜的。快去，快去！他来了。

| 四人同下

| 彼特鲁乔重上

彼特鲁乔 我已经开始巧妙地把她驾驭起来，希望能够得

到美满的成功。我这只悍鹰现在非常饥饿，在她没有俯首听命以前，不能让她吃饱，不然她就不肯再练习打猎了。我还有一个制服这鸷鸟的办法，使她能呼之则来，挥之则去——那就是总叫她睁着眼，不得休息，拿她当一只乱扑翅膀的倔强鹞子一样对待。今天她没有吃过肉，明天我也不给她吃；昨夜她不曾睡觉，今夜我也不让她睡觉，我要故意嫌被褥铺得不好，把枕头、枕垫、被单、线毯向满房乱丢，还说都是为了爱惜她才这样做；总之她将要整夜不能合眼，倘若她昏昏思睡，我就骂人吵闹，吵得她睡不着。这是用体贴为名惩治妻子的法子，我就这样克制她狂暴倔强的脾气；要是有谁知道还有比这更好的驯悍妙法，那么我倒要请教请教。

丨下

第　二　场

帕度亚。巴普提斯塔家门前

特拉尼奥及霍坦西奥上

特拉尼奥　里西奥朋友，难道比恩卡小姐除了路森修以外，还会爱上别人吗？我告诉你吧，她对我很有好感呢。

霍坦西奥　先生，为了证明我刚才所说的话，你且站在一旁，看看他是怎样教法。［二人站立一旁］

比恩卡及路森修上

路森修　小姐，您的功课念得怎么样啦？

比恩卡　先生，您在念什么？先回答我。

路森修　我念的正是我的本行：《恋爱的艺术》。

比恩卡　我希望您在这方面成为一个专家。

路森修 亲爱的，我希望您做我实验的对象。[二人退后]

霍坦西奥 哼，他们的进步倒是很快！现在你还敢发誓说你的爱人比恩卡只爱着路森修吗？

特拉尼奥 啊，可恼的爱情！朝三暮四的女人！里西奥，我真想不到有这种事情。

霍坦西奥 老实告诉你吧，我不是里西奥，也不是一个音乐家。我为了她不惜降低身价，乔扮成这个样子；谁知道她不爱绅士，却去爱一个穷酸小子。先生，我的名字是霍坦西奥。

特拉尼奥 原来足下便是霍坦西奥先生，失敬失敬！久闻足下对比恩卡十分倾心，现在你我已经亲眼看见她这种轻狂的样子，我看我们大家把这一段痴情割断了吧。

霍坦西奥 瞧，他们又在接吻亲热了！路森修先生，让我握你的手，我郑重宣誓，今后决不再向比恩卡求婚，像她这样的女人，是不值得我像过去那样对她盲目恋慕的。

特拉尼奥 我也愿意一秉至诚，做同样的宣誓，即使她向我苦苦哀求，我也决不娶她。不害臊的！瞧她那副浪相！

霍坦西奥 但愿除了他以外，所有的人都发誓把比恩卡舍弃。至于我自己，我一定坚守誓言；三天之内，我就要和一个富孀结婚，她已经爱我很久，可是我却迷上了这个鬼丫头。再会吧，路森修先生，讨老婆不在乎姿色，有良心的女人才值得我去爱她。好吧，我走了。主意已拿定，决不更改。

霍坦西奥下［路森修、比恩卡上前］

特拉尼奥 比恩卡小姐，祝您爱情美满！我刚才已经窥见你们的秘密，而且我已经和霍坦西奥一同发誓把您舍弃了。

比恩卡 特拉尼奥，你又在说笑话了。可是你们两人真的都已经发誓把我舍弃了吗？

特拉尼奥 是的，小姐。

路森修 那么里西奥不会再来打搅我们了。

特拉尼奥 不骗你们，他现在决心要娶一个风流寡妇，打算求婚结婚都在一天之内完成呢。

比恩卡 愿上帝赐他快乐！

特拉尼奥 他还要把她管束得十分驯服呢。

比恩卡 他不过说说罢了，特拉尼奥。

特拉尼奥 真的，他已经进了御妻学校了。

比恩卡 御妻学校！有这样一个所在吗？

特拉尼奥 是的，小姐，彼特鲁乔就是那个学校的校长，他教授着层出不穷的许多驯服悍妇的妙计和对付长舌的秘诀。

| 比昂台罗奔上

比昂台罗 啊，少爷，少爷！我守了半天，守得腿酸脚软，好容易给我发现了一位老人家，他从山坡上下来，看他的样子倒还适合我们的条件。

特拉尼奥 比昂台罗，他是个什么人？

比昂台罗 少爷，他也许是个商店里的掌柜，也许是个三家村的学究，我也弄不清楚，可是他的装束十分规矩，他的神气和相貌都像个老太爷的样子。

路森修 特拉尼奥，我们找他来干吗呢？

特拉尼奥 他要是能够听信我随口编造的谣言，我可以叫他情情愿愿地冒充文森修，向巴普提斯塔一口答应一份丰厚的聘礼。把您的爱人带进去，让我在这儿安排一切。

| 路森修、比恩卡同下

| 老学究上

学究 上帝保佑您，先生！

特拉尼奥 上帝保佑您，老人家！您是路过此地，还是有事到此？

学究　先生,我想在这儿耽搁一两个星期,然后动身到罗马去;要是上帝让我多活几年,我还希望到特里坡利斯去一次。

特拉尼奥　请问府上是什么地方?

学究　敝乡是曼多亚。

特拉尼奥　曼多亚吗,老先生!哎哟,糟了!您敢到帕度亚来,难道不想活命了吗?

学究　怎么,先生!我不懂您的话。

特拉尼奥　曼多亚人到帕度亚来,都是要处死的。您还不知道吗?你们的船只只能停靠在威尼斯,我们的公爵和你们的公爵因为发生争执,已经宣布不准敌邦人民入境的禁令。大概您是新近到此,否则应该早就知道的。

学究　唉,先生!这可怎么办呢?我还有从佛罗伦萨汇来的钱,要在这儿取出来呢!

特拉尼奥　好,老先生,我愿意帮您一下忙。第一要请您告诉我,您有没有到过比萨?

学究　啊,先生,比萨是我常去的地方,那里是以正人君子多而出名的。

特拉尼奥　在那些正人君子中间,有一位文森修您认识不认识?

学究　我不认识他，可是听到过他的名字；他是一个非常豪富的商人。

特拉尼奥　老先生，他就是家父；不骗您，他的相貌可有点儿像您呢。

比昂台罗　[旁白]就像苹果跟牡蛎差不多一样。

特拉尼奥　您现在既然有生命的危险，那么我看您不妨权充家父，您生得像他，这总算是您的运气。您可以住在我的家里，受我的竭诚款待，可是您必须注意您的说话行动，别让人瞧出破绽来！您懂得我的意思吧，老先生；您可以这样住下来，等到办好了事情再走。如果不嫌怠慢，那么就请您接受我的好意吧。

学究　啊，先生，这样您真是我的救命恩人了，我一定永远不忘您的大德。

特拉尼奥　那么跟我去装扮起来。不错，我还要告诉您一件事：我跟这儿一位巴普提斯塔的女儿正在议订婚约，只等我的父亲来通过一注聘礼，关于这件事情我可以仔细告诉您一切应付的方法。现在我们就去找一身合适一点的衣服给您穿吧。

同下

第　三　场

彼特鲁乔家中一室

凯瑟丽娜及葛鲁米奥上

葛鲁米奥　不，不，我不敢。

凯瑟丽娜　我越是心里委屈，他越是把我折磨得厉害。难道他娶了我来，是要饿死我吗？到我父亲门前求乞的叫花，也总可以讨到一点布施；这一家讨不到，那一家总会给他一些冷饭残羹。可是从来不知道怎样恳求人家、也从来不需要向人恳求什么的我，现在却吃不到一点东西，得不到一刻钟的安眠；他用高声的詈骂使我不能合眼，让我饱听他的喧哗的吵闹；尤其可恼的，他这一切都借着爱惜我的名义，好像我一睡着就会死去，吃了东西就会害重病一样。求求你去给我找些食物来吧，不管什么东西，只要可以吃的就行。

葛鲁米奥 您要不要吃红烧蹄子？

凯瑟丽娜 那好极了，请你拿来给我吧。

葛鲁米奥 恐怕您吃了会上火。清炖大肠好不好？

凯瑟丽娜 很好，好葛鲁米奥，给我拿来。

葛鲁米奥 我不大放心，恐怕它也是上火的。胡椒牛肉好不好？

凯瑟丽娜 那正是我爱吃的一道菜。

葛鲁米奥 嗯，可是那胡椒太辣了点儿。

凯瑟丽娜 那么就是牛肉，别放胡椒了吧。

葛鲁米奥 那可不成，您要吃牛肉，一定得放胡椒。

凯瑟丽娜 放也好，不放也好，牛肉也好，别的什么也好，随你的便给我拿些来吧。

葛鲁米奥 那么好，只有胡椒，没有牛肉。

凯瑟丽娜 给我滚开，你这欺人的奴才！［打葛鲁米奥］你不拿东西给我吃，却向我报出一道道的菜名来逗我；你们瞧着我倒霉得意，看你们得意到几时！去，快给我滚！

彼特鲁乔持肉一盆，与霍坦西奥同上

彼特鲁乔 我的凯德今天好吗？怎么，好人儿，不高兴吗？

霍坦西奥 嫂子，您好？

凯瑟丽娜 哼，我浑身发冷。

彼特鲁乔 不要这样垂头丧气的，向我笑一笑吧。亲爱的，你瞧我多么至诚，我自己给你煮了肉来了。[将肉盆置桌上]亲爱的凯德，我相信你一定会感谢我这一片好心的。怎么！一句话也不说吗？那么你不喜欢它；我的辛苦都白费了。来，把这盆子拿去。

凯瑟丽娜 请您让它放着吧。

彼特鲁乔 最微末的服务，也应该得到一声道谢；你在没有吃这肉之前，应该谢谢我才是。

凯瑟丽娜 谢谢您，夫君。

霍坦西奥 哎哟，彼特鲁乔先生，你何必这样！嫂子，让我奉陪您吧。

彼特鲁乔 [旁白]霍坦西奥，你倘然是个好朋友，请你尽量大吃。——凯德，这回你可高兴了吧；吃得快一点。现在，我的好心肝，我们要回到你爸爸家里去了；我们要打扮得非常体面，我们要穿绸衣，戴绢帽、金戒；高高的绉领、飘飘的袖口、圆圆的裙子、肩巾、折扇，什么都要备着两套替换；还有琥珀的镯子、珍珠的项圈，以及诸如此类的玩意儿。啊，你还没有吃好吗？裁缝在等着替你穿新衣服呢。

| 裁缝上

彼特鲁乔 来，裁缝，让我们瞧瞧你做的衣服；先把那件袍子展开来——

| 帽匠上

彼特鲁乔 你有什么事？

帽匠 这是您叫我做的那顶帽子。

彼特鲁乔 啊，样子倒很像一只汤碗。一个绒制的碟子！呸，呸！寒碜死了，简直像个蚌壳或是胡桃壳，一块饼干，一个胡闹的玩意儿，只能给洋娃娃戴。拿去！换一顶大一点的来。

凯瑟丽娜 大一点的我不要；这一顶式样很新，贤媛淑女们都是戴这种帽子的。

彼特鲁乔 等你成为一个贤媛淑女以后，你也可以有一顶；现在还是不要戴它吧。

霍坦西奥 [旁白]那倒还要经过相当长的时间哩。

凯瑟丽娜 哼，我相信我也有说话的权利；我不是三岁小孩，比你尊长的人，也不能禁止我自由发言，你要是不愿意听，还是请你把耳朵塞住吧。我这一肚子的气恼，要是再不让我的嘴把它发泄出来，我的肚子也要气破了。

彼特鲁乔 是啊，你说得一点不错，这帽子真不好，活像块牛奶蛋糕，丝织的烧饼，值不了几个子儿。你不喜欢它，所以我才格外爱你。

凯瑟丽娜 爱我也好，不爱我也好，我喜欢这顶帽子，我只要这一顶，不要别的。

帽匠下

彼特鲁乔 你的袍子吗？啊，不错；来，裁缝，让我们瞧瞧看。哎哟，天哪！这算是什么古怪的衣服？这是什么？袖子吗？那简直像一尊小炮。怎么回事，上上下下都是褶儿，和包子一样。这儿也是缝，那儿也开口，东一道，西一条，活像剃头铺子里的香炉。他妈的！裁缝，你把这叫作什么东西？

霍坦西奥 [旁白]看来她帽子袍子都穿戴不成了。

裁缝 这是您叫我照着流行的式样用心裁制的。

彼特鲁乔 是呀，可是我没有叫你做得这样乱七八糟。去，给我滚回你的狗窠里去吧，我以后决不再来请教你了。我不要这东西，拿去给你自己穿吧。

凯瑟丽娜 我从来没有见过一件比这更漂亮、更好看的袍子了。你大概想把我当作一个木头人一样随你摆布吧。

彼特鲁乔 对了，他想把你当作木头人一样随意摆布。

裁缝 她说您想把她当作木头人一样随意摆布。

彼特鲁乔 啊，大胆的狗才！你胡说，你这拈针弄线的傻瓜，你这个长码尺、中码尺、短码尺、钉子一样长的浑蛋！你这跳蚤，你这虫卵，你这冬天的蟋蟀！你拿着一绞线，竟敢在我家里放肆吗？滚！你这破布头，你这不是东西的东西！我非得好生拿尺揍你一顿，看你这辈子还敢不敢胡言乱语。好好的一件袍子，给你剪成这个样子。

裁缝 您弄错了，这袍子是我们东家照您吩咐的样子做起来的，葛鲁米奥一五一十地给我们讲了尺寸和式样。

葛鲁米奥 我什么都没讲；我就把料子给他了。

裁缝 你没说怎么做吗？

葛鲁米奥 那我倒是说了，老兄，用针线做。

裁缝 你没叫我们裁吗？

葛鲁米奥　这些地方是你放出来的。

裁缝　不错。

葛鲁米奥　少跟我放肆；这些玩意儿是你装上的，少跟我装腔。你要是放肆装腔，我是不买账的。我老实告诉你：我叫你们东家裁一件袍子，可是没有叫他裁成碎片。所以你完全是信口胡说。

裁缝　这儿有式样的记录，可以做证。

彼特鲁乔　你念念。

葛鲁米奥　反正要说是我说的，那记录也是撒谎。

裁缝　［读］"一、肥腰身女袍一件。"

葛鲁米奥　老爷，我要是说过肥腰身，你就把我缝在袍子的下摆里，拿一轴黑线把我打死。我明明就说女袍一件。

彼特鲁乔　往下念。

裁缝　［读］"外带小披肩。"

葛鲁米奥　披肩我倒是说过。

裁缝　［读］"灯笼袖。"

葛鲁米奥　我要的是两只袖子。

裁缝　［读］"袖子要裁得花样新奇。"

彼特鲁乔　嘿，毛病就出在这儿。

葛鲁米奥　那是写错了，老爷，那是写错了。我不过叫他裁出袖子来，再给缝上。你这家伙要是敢否认我说的半个字，就是你小拇指上套着顶针，我也敢揍你。

裁缝　我念的完全没有错。你要敢跟我到外面去，我就给你点颜色看。

葛鲁米奥　算数，你拿着账单，我拿着码尺，看咱们谁先求饶。

霍坦西奥　老天在上，葛鲁米奥！你拿着他的码尺，他可就没的耍了。

彼特鲁乔　总而言之，这袍子我不要。

葛鲁米奥　那是自然，老爷，本来也是给奶奶做的。

彼特鲁乔　卷起来，让你的东家拿去玩吧。

葛鲁米奥　浑蛋，你敢卷？卷起我奶奶的袍子，让你东家玩去？

彼特鲁乔　怎么了，你这话里有什么意思？

葛鲁米奥　哎呀，老爷，这意思可是你万万想不到的。卷起我奶奶的袍子，让他东家玩去！嘿，这太不像话了！

彼特鲁乔　［向霍坦西奥旁白］霍坦西奥，你说工钱由你来付。［向裁缝］快拿去，走吧走吧，别多说了。

霍坦西奥 [向裁缝旁白]裁缝，那袍子的工钱我明天拿来给你。他一时使性子说的话，你不必跟他计较；快去吧，替我问你们东家好。

| 裁缝下

彼特鲁乔 好吧，来，我的凯德，我们就老老实实穿着这身家常便服，到你爸爸家里去吧。只要我们袋里有钱，身上穿得寒酸一点，又有什么关系？因为使身体阔气，还要靠心灵。正像太阳会从乌云中探出头来一样，布衣粗服，可以格外显出一个人的正直。樫鸟并不因为羽毛的美丽，而比云雀更为珍贵；蝮蛇并不因为皮肉的光泽，而比鳗鲡更有用处。所以，好凯德，你穿着这一身敝旧的衣服，也并不因此而降低了你的身价。你要是怕人笑话，那么让人家笑话我吧。你还是要高高兴兴的，我们马上就到你爸爸家里去喝酒作乐。去，叫他们准备好，我们就要出发了。我们的马在小路那边等着，我们走到那里上马。让我看，现在大概是七点钟，我们可以在吃中饭以前赶到那里。

凯瑟丽娜 我相信现在快两点钟了，到那里去也许赶不上吃晚饭呢。

彼特鲁乔 不是七点钟，我就不上马。我说的话，做的事，想着的念头，你总是要跟我闹别扭。好，大家不用忙了，我今天不去了。你倘若要我去，那么我说是什么钟点，就得是什么钟点。

霍坦西奥 唷，这家伙简直想要太阳也归他节制哩。

| 同下

第　四　场

帕度亚。巴普提斯塔家门前

特拉尼奥及老学究扮文森修上

特拉尼奥　这儿已是巴普提斯塔的家了，我们要不要进去看望他？

学究　那还用说吗？我倘若没有弄错，那么巴普提斯塔先生也许还记得我，二十年以前，我们曾经在热那亚做过邻居哩。

特拉尼奥　这样很好，请你随时保持着做一个父亲的庄严风度吧。

学究　您放心好了。瞧，您那跟班来了。我们应该把他教导一番才是。

比昂台罗上

特拉尼奥 你不用担心他。比昂台罗,你要好好侍候这位老先生,就像他是真的文森修老爷一样。

比昂台罗 嘿!你们放心吧。

特拉尼奥 可是你看见巴普提斯塔没有?

比昂台罗 看见了,我对他说,您的老太爷已经到了威尼斯,您正在等着他今天到帕度亚来。

特拉尼奥 你事情办得很好,这几个钱拿去买杯酒喝吧。巴普提斯塔来啦,赶快装起一副严肃的面孔来。

巴普提斯塔及路森修上

特拉尼奥 巴普提斯塔先生,我们正要来拜访您。[向学究]父亲,这就是我对您说起过的那位老伯。请您成全您儿子的好事,答应我娶比恩卡为妻吧。

学究 吾儿且慢!巴普提斯塔先生,久仰久仰。我这次因为追索几笔借款,到帕度亚来,听见小儿向我说起,他跟令爱十分相爱。像先生这样的家声,能够仰攀,已属万幸,我当然没有不赞成之理;而且我看他们两人情如胶漆,也很愿意让他早早成婚,了此一桩心事。要是先生不嫌弃的话，那么关于问名纳聘这一方面的种种条件，但有所命，无不乐从；先生的盛名我久已耳闻，自然不会斤斤计较。

巴普提斯塔 文森修先生，恕我不会客套，您刚才那样开诚布公地说话，我听了很是高兴。令郎和小女的确十分相爱，如果是伪装，万不能如此逼真；您要是不忍拂令郎之意，愿意给小女一份适当的聘礼，那么我是毫无问题的，我们就此一言为定吧。

特拉尼奥 谢谢您，老伯。那么您看我们最好在什么地方把双方的条件互相谈妥？

巴普提斯塔 舍间恐怕不大方便，因为属垣有耳，我有许多仆人，也许会被他们听了泄露出去；而且葛莱米奥那老头子痴心不死，也许会来打扰我们。

特拉尼奥 那么还是到敝寓去吧，家父就在那里耽搁，我们今夜可以在那边悄悄地把事情谈妥。请您就叫这位尊价去请令爱出来；我就叫我这奴才去找个书记来。但恐事出仓促，一切招待未能尽如尊意，要请您多多原谅。

巴普提斯塔 不必客气，这样很好。堪比奥，你到家里去叫比恩卡梳洗梳洗，我们就要到一处地方去；你也不妨告诉她路森修先生的尊翁已经到了帕度亚，她的亲事大概就可定夺下来了。

比昂台罗 但愿神明祝福她嫁得一位如意郎君！

特拉尼奥 不要惊动神明了，快快去吧。巴普提斯塔先生，请了。我们只有些薄酒粗肴，谈不上什么款待；等您到比萨来的时候，才要好好地请您一下哩。

巴普提斯塔 请了。

特拉尼奥、巴普提斯塔及老学究下

比昂台罗 堪比奥！

路森修 有什么事，比昂台罗？

比昂台罗 您看见我的少爷向您眨着眼睛笑吗？

路森修 他向我眨着眼睛笑又怎么样？

比昂台罗 没有什么，可是他要我慢走一步，向您解释他的暗号。

路森修 那么你就解释给我听吧。

比昂台罗 他叫您不要担心巴普提斯塔，他正在和一个冒牌的父亲讨论关于他的冒牌的儿子的婚事。

路森修 那便怎样？

比昂台罗 他叫您带着他的女儿一同到他们那里吃晚饭。

路森修 带着她去又怎样？

比昂台罗 您可以随时去找圣路加教堂里的老牧师。

路森修 这到底是什么意思？

比昂台罗 我也不知道是什么意思，我只知道趁着他们都在那里假装谈条件的时候，您就赶快同着她到教堂里去，找到了牧师执事，再找几个靠得住的证人，取得"只此一家，不准翻印"的权利。这倘不是您盼望已久的好机会，那您从此也不必再在比恩卡身上转念头了。［欲去］

路森修 听我说，比昂台罗。

比昂台罗 我不能待下去了。我知道有一个女人，一天下午在园里拔菜喂兔子，就这样莫名其妙地跟人家结了婚了；也许您也会这样。再见，先生。我的少爷还要叫我到圣路加教堂去，叫那牧师在那边等着你和你的附录，也就是随从。

｜下

路森修 只要她肯，事情就好办；她一定愿意的，那么我还疑惑什么？不要管它，让我直截了当地对她说；堪比奥要是不能把她弄到手，那才是怪事哩。

｜下

第　五　场

公　路

彼特鲁乔、凯瑟丽娜、霍坦西奥及从仆等上

彼特鲁乔 走，走，到我老丈人家里去。主啊，月亮照得多么光明！

凯瑟丽娜 什么月亮！这是太阳，现在哪里来的月亮？

彼特鲁乔 我说这是月亮的光。

凯瑟丽娜 这明明是太阳光。

彼特鲁乔 我指着我母亲的儿子——也就是我自己——起誓，我要说它是月亮，它就是月亮，我要说它是星，它就是星，我要说它是什么，它就是什么，你要是说我说错了，我就不到你父亲家里去。来，掉转马头，我们回去了。老是跟我闹别扭，闹别扭！

霍坦西奥 随他怎么说吧，否则我们永远去不成了。

凯瑟丽娜 我们已经走了这么远，请您不要再回去了吧。您高兴说它是月亮，它就是月亮；您高兴说它是太阳，它就是太阳；您要是说它是蜡烛，我也就当它是蜡烛。

彼特鲁乔 我说它是月亮。

凯瑟丽娜 我知道它是月亮。

彼特鲁乔 不，你胡说，它是太阳。

凯瑟丽娜 那么它就是太阳。可是您要是说它不是太阳，它就不是太阳；月亮的盈亏圆缺，就像您心性的捉摸不定一样。随您叫它是什么名字吧，您叫它什么，凯瑟丽娜也叫它什么就是了。

霍坦西奥 彼特鲁乔，恭喜恭喜，你已经得到胜利了。

彼特鲁乔 好，往前走！正是顺水行舟快，逆风打桨迟。且慢，那边有谁来啦？

| 文森修作旅行装束上

彼特鲁乔 [向文森修]早安，好姑娘，你到哪里去？亲爱的凯德，老老实实告诉我，你可曾看见过一个比她更娇好的淑女？她颊上又红润，又白嫩，

相映得多么美丽！点缀在天空中的繁星，怎么及得上她那天仙般美的脸上那一双眼睛的清秀？可爱的美貌姑娘，早安！亲爱的凯德，因为她这样美，你应该和她亲热亲热。

霍坦西奥 把这人当作女人，他一定要发怒的。

凯瑟丽娜 年轻娇美的姑娘，你到哪里去？你家住在什么地方？你的父亲母亲生下你这样美丽的孩子，真是几生修得；不知哪个幸运的男人，有福消受你这如花美眷！

彼特鲁乔 啊，怎么，凯德，你疯了吗？这是一个满脸皱纹的白发衰翁，你怎么说他是一个姑娘？

凯瑟丽娜 老丈，请您原谅我一时眼花，因为太阳光太眩耀了，所以看起来什么都是迷迷糊糊的。现在我才知道您是一位年尊的老丈，请您千万恕我刚才的唐突吧。

彼特鲁乔 老伯伯，请你原谅她；还要请问你现在到哪儿去，要是咱们是同路的话，那么请你跟我们一块儿走吧。

文森修 好先生，还有你这位淘气的娘子，萍水相逢，你们把我这样打趣，倒把我弄得莫名其妙。我的名字叫文森修，舍间就在比萨，我现在要到帕度亚去，瞧瞧我的久别的儿子。

彼特鲁乔 令郎叫什么名字？

文森修 他叫路森修。

彼特鲁乔 原来尊驾就是路森修的尊翁，那巧极了，算来你还是我的姻伯呢。这就是拙荆，她有一个妹妹，现在多半已经和令郎成了婚了。你不用吃惊，也不必忧虑，她是一个名门淑女，嫁奁也很丰富，她的品貌才德，当得起"君子好逑"四字。文森修老先生，刚才多多失敬，现在我们一块儿看令郎去吧，他见了你一定是异常高兴的。

文森修 您说的是真话，还是像有些爱寻开心的旅行人一样，路上见了什么人就随便开开玩笑？

霍坦西奥 老丈，我可以担保他的话都是真的。

彼特鲁乔 来，我们去吧，看看我的话究竟是真是假；你大概因为我先前和你开过玩笑，所以有点不相信我了。

| 除霍坦西奥外皆下

霍坦西奥 彼特鲁乔，你已经鼓起了我的勇气。我也要照样去对付我那寡妇！她要是倔强抗命，我就记着你的教训，也要对她不客气了。

| 下

Act_5

第五幕

第　一　场

帕度亚。路森修家门前

| 比昂台罗、路森修及比恩卡自一方上；葛莱米奥在另一方行走

比昂台罗　少爷，放轻脚步快快走，牧师已经在等着了。

路森修　我会飞着过去的，比昂台罗。可是他们在家里也许要叫你做事，你还是回去吧。

比昂台罗　不，我要把您送到教堂门口，然后再奔回去。

| 路森修、比恩卡、比昂台罗同下

葛莱米奥　真奇怪，堪比奥怎么到现在还不来。

| 彼特鲁乔、凯瑟丽娜、文森修及从仆等上

彼特鲁乔　老伯，这就是路森修家的门前；我的岳父就住

在靠近市场的地方，我现在要到他家里去，暂时失陪了。

文森修 不，我一定要请您进去喝杯酒再走。我想我在这里是可以略尽地主之谊的。嘿，听起来里面已经相当热闹了。[叩门]

葛莱米奥 他们在里面忙得很，你还是敲得响一点。

| 老学究自上方上，凭窗下望

学究 谁在那里把门都要敲破了？

文森修 请问路森修先生在家吗？

学究 他人是在家里，可是你不能见他。

文森修 要是有人带了一二百镑钱来，送给他吃吃玩玩呢？

学究 把你那一百镑钱留着自用吧，我一天活在世上，他就一天不愁没有钱用。

彼特鲁乔 我不是告诉过您吗？令郎在帕度亚是人缘极好的。废话少讲，请你通知一声路森修先生，说他的父亲已经从比萨来了，现在在门口等着和他说话。

学究 胡说，他的父亲就在帕度亚，正在窗口说话呢。

文森修 你是他的父亲吗？

学究 是啊，你要是不信，不妨去问问他的母亲。

彼特鲁乔 [向文森修]啊，怎么，朋友！你原来假冒别人的名字，这真是岂有此理了。

学究 把这混账东西抓住！我看他是想要假冒我的名字，在这城里向人讹诈。

| 比昂台罗重上

比昂台罗 我看见他们两人一块儿在教堂里，上帝保佑他们一帆风顺！可是谁在这儿？我的老太爷文森修！这可糟了，我们的计策都要败露了。

文森修 [见比昂台罗]过来，死鬼！

比昂台罗 借光，请让我过去。

文森修 过来，狗才！你难道忘记我了吗？

比昂台罗 忘记你！我怎么会忘记你？我见也没有见过你哩。

文森修 怎么，你这该死的东西！你难道没有见过你家主人的父亲文森修吗？

比昂台罗 啊，你问起我们的老太爷吗？瞧那站在窗口的就是他。

文森修 真的吗？[打比昂台罗]

比昂台罗 救命！救命！救命！这疯子要谋害我啦！

| 下

学究 吾儿，巴普提斯塔先生，快来救人！

| 自窗口下

彼特鲁乔 凯德，我们站在一旁，瞧这场纠纷怎样解决。[二人退后]

| 老学究自下方重上；巴普提斯塔、特拉尼奥及众仆上

特拉尼奥 老头儿，你是个什么人，敢动手打我的仆人？

文森修 我是个什么人！嘿，你是个什么人？哎呀，天哪！你这家伙！你居然穿起绸缎的衫子、天鹅绒的袜子、大红的袍子，戴起高高的帽子来了！啊呀，完了！完了！我在家里舍不得花一个钱，我的儿子和仆人却在大学里挥霍到这个样子！

特拉尼奥 啊，是怎么一回事？

巴普提斯塔 这家伙疯了吗？

特拉尼奥 瞧你这一身打扮，倒像一位明白道理的老先生，可是你说的却是一派疯话。我就是佩戴些金银珠玉，那又跟你什么相干？多谢上帝给我一位好父亲，他会供给我的花费。

文森修 你的父亲！哼！他是在贝格摩做船帆的。

巴普提斯塔 你弄错了，你弄错了。请问你知道他叫什么名字？

文森修 他叫什么名字？你以为我不知道他的名字吗？我把他从三岁起抚养长大，他的名字叫

作特拉尼奥。

学究 去吧，去吧，你这疯子！他的名字是路森修，我叫文森修，他是我的独生子。

文森修 路森修！啊！他已经把他的主人谋害了。我用公爵的名义请你们赶快把他抓住。啊，我的孩子，我的孩子！狗才，快对我说，我的儿子路森修在哪里？

特拉尼奥 去叫一个官差来。

一仆人偕差役上

特拉尼奥 把这疯子抓进监牢里去。岳父大人，叫他们把他好好看管起来。

文森修 把我抓进监牢里去！

葛莱米奥 且慢，官差，你不能把他送进监牢。

巴普提斯塔 您不用管，葛莱米奥先生，我说非把他抓进监牢里不可。

葛莱米奥 宁可小心一点，巴普提斯塔先生，也许您会上人家的圈套。我敢发誓这个人才是真的文森修。

学究 你有胆量就发个誓看看。

葛莱米奥 不，我不敢发誓。

特拉尼奥 那么你还是说我不是路森修吧。

葛莱米奥 不，我知道你是路森修。

巴普提斯塔 把那呆老头儿抓去！把他关起来！

文森修 你们这里是这样对待外地人的吗？好混账的东西！

比昂台罗偕路森修及比恩卡重上

比昂台罗 啊，我们的计策要完全败露了！他就在那里。不要去认他，假装不认识他，否则我们就完了！

路森修 ［跪下］亲爱的爸爸，请您原谅我！

文森修 我的最亲爱的孩子还在人世吗？

比昂台罗、特拉尼奥及老学究逃走

比恩卡 ［跪下］亲爱的爸爸，请您原谅我！

巴普提斯塔 你做错了什么事要我原谅？路森修呢？

路森修 路森修就在这里，我是这位真文森修的真正的儿子，已经正式娶您的女儿为妻，您却受了骗了。

葛莱米奥 他们都是一党，现在又拉了个证人来欺骗我们了！

文森修 那个该死的狗头特拉尼奥竟敢对我这样放肆，现在到哪儿去了？

巴普提斯塔 咦，这个人不是我们家里的堪比奥吗？

比恩卡 堪比奥已经变成路森修了。

路森修 爱情造成了这些奇迹。我因为爱比恩卡，所以和特拉尼奥交换地位，让他在城里顶替着我的名字；现在我已经美满地达到了我的心愿。特拉尼奥的所作所为，都是我强迫他做的；亲爱的爸爸，请您看在我的面上原谅他吧。

文森修 这狗才要把我送进监牢里去，我一定要割破他的鼻子。

巴普提斯塔 [向路森修]我倒要请问你，你没有得到我的允许，怎么就可以和我的女儿结婚？

文森修 您放心好了，巴普提斯塔先生，我们一定会使您满意的。可是他们这样作弄我，我一定要去找着他们出出这一口闷气。

| 下

巴普提斯塔 我也要去把这场诡计调查一个仔细。

| 下

路森修 不要害怕，比恩卡，你爸爸不会生气的。

| 路森修、比恩卡下

葛莱米奥 我的希望已成画饼，可是我也要跟他们一起进去，分一杯酒喝喝。

| 下

[彼特鲁乔及凯瑟丽娜上前]

凯瑟丽娜 夫君，我们也跟着去瞧瞧热闹吧。

彼特鲁乔 凯德，先给我一个吻，我们就去。

凯瑟丽娜 怎么！就在大街上吗？

彼特鲁乔 啊！你觉得嫁了我这种丈夫辱没了你吗？

凯瑟丽娜 不，那我怎么敢；我只是觉得这样接吻，太难为情了。

彼特鲁乔 好，那么我们还是回家去吧。来，我们走。

凯瑟丽娜 不，我就给你一个吻。现在，我的爱，请你不要回去了吧。

彼特鲁乔 这样不很好吗？来，我的亲爱的凯德，知过则改永远是不嫌迟的。

[同下

第　二　场

路森修家中一室

| 室中张设筵席。巴普提斯塔、文森修、葛莱米奥、老学究、路森修、比恩卡、彼特鲁乔、凯瑟丽娜、霍坦西奥及寡妇同上；特拉尼奥、比昂台罗、葛鲁米奥及其他仆人等随侍

路森修　虽然经过了长久的争论，我们的意见终于一致了；现在偃旗息鼓，正是我们杯酒交欢的时候。我的好比恩卡，请你向我的父亲表示欢迎；我也要用同样诚恳的心情，欢迎你的父亲。彼特鲁乔姻兄，凯瑟丽娜大姊，还有你，霍坦西奥，和你那位亲爱的寡妇，大家不要客

气，在婚礼酒筵之后再来个尽情醉饱，都请坐下来吧，让我们一面吃，一面谈话。[各人就座]

彼特鲁乔 这真是饱食终日，无所用心了！

巴普提斯塔 彼特鲁乔贤婿，帕度亚的风气就是这么好客的。

彼特鲁乔 帕度亚人都是那么和和气气的。

霍坦西奥 对于你我两人，我希望这句话是真的。

彼特鲁乔 我敢说霍坦西奥一定叫他的寡妇唬着了。

寡妇 我会唬着了？那才是没有的事。

彼特鲁乔 您太多心了，可是您还是没猜透我的意思；我是说霍坦西奥一定怕您。

寡妇 头眩的人以为世界在旋转。

彼特鲁乔 您这话可是一点也不转弯抹角。

凯瑟丽娜 嫂子，请教这句话是什么意思？

寡妇 我知道他的心事。

彼特鲁乔 知道我的心事？霍坦西奥不吃醋吗？

霍坦西奥 我的寡妇意思是说她明白你的处境。

彼特鲁乔 你倒会圆场。好寡妇，为了这个，您就该吻他一下。

凯瑟丽娜 “头眩的人以为世界在旋转。”请您解释解释这句话是什么意思。

寡妇 尊夫因为家有悍妇，所以以己度人，猜想我的丈夫也有同样不可告人的隐痛。现在您懂得我的意思了吧？

凯瑟丽娜　您的意思真坏！

寡妇　既然是指您，自然好不了。

凯瑟丽娜　我和您比起来总还算不错哩。

彼特鲁乔　对，给她点厉害看，凯德！

霍坦西奥　给她点厉害看，寡妇！

彼特鲁乔　我敢赌一百马克，我的凯德能把她压倒。

霍坦西奥　压倒她的活儿应该由我来干。

彼特鲁乔　果然不愧是男子汉。我敬你一盅，老兄。［向霍坦西奥敬酒］

巴普提斯塔　葛莱米奥先生，您看这些傻子唇枪舌剑多有意思。

葛莱米奥　是啊，真是说得头头是道。

比恩卡　头头是道！要是赶上个嘴快的人，准得说您的“头头是道”其实是“头头是角”。

文森修　哎哟，媳妇，你听见这话就醒了吗？

比恩卡　醒了，可不是吓醒的。我又要睡了。

彼特鲁乔　那可不行；既然你开始挑衅，我也得让你尝我一两箭！

比恩卡　你拿我当鸟吗？我要另择新枝了，你就张弓搭箭地跟在后面追吧。列位，少陪了。

| 比恩卡、凯瑟丽娜及寡妇下

彼特鲁乔 特拉尼奥先生，她也是你瞄准的鸟儿，可惜给她飞去了；让我们为那些射而不中的人干一杯吧。

特拉尼奥 啊，彼特鲁乔先生，我给路森修占了便宜去；我就像他的猎狗，为他辛苦奔走，得来的猎物都被主人拿去了。

彼特鲁乔 应答虽然快，比方却有点狗臭气。

特拉尼奥 还是您好，先生，自己猎来，自己享用，可是人家都说您那头鹿儿把您逼得走投无路呢。

巴普提斯塔 哈哈，彼特鲁乔！现在你给特拉尼奥说中要害了。

路森修 特拉尼奥，你把他挖苦得很好，我要谢谢你。

霍坦西奥 快快招认吧，他是不是说着了你的心病？

彼特鲁乔 他挖苦的虽然是我，可是他的讥讽仅仅打我身边擦过，我怕受伤的十分之九倒是你们两位。

巴普提斯塔 不说笑话，彼特鲁乔贤婿，我想你是娶着了一个最悍泼的女人了。

彼特鲁乔 不，我否认。让我们赌一个东道，各人去叫他自己的妻子出来，谁的妻子最听话，出来得最快的，就算谁得胜。

霍坦西奥 很好。赌什么东道？

路森修 二十个克朗。

彼特鲁乔 二十个克朗！这样的数目只好让我拿我的鹰犬打赌；要是拿我的妻子打赌，应当加二十倍。

路森修 那么一百克朗吧。

霍坦西奥 好。

彼特鲁乔 就是一百克朗，一言为定。

霍坦西奥 谁先去叫？

路森修 让我来。比昂台罗，你去对你奶奶说，我叫她来见我。

比昂台罗 我就去。

| 下

巴普提斯塔 贤婿，我愿意代你拿出一半赌注，比恩卡一定会来的。

路森修 我不要和别人对分，我要独自下注。

| 比昂台罗重上

路森修 啊，她怎么说？

比昂台罗 少爷，奶奶叫我对您说，她有事不能来。

彼特鲁乔 怎么！她有事不能来！这算是什么答复？

葛莱米奥 这样的答复也算很有礼貌的了，希望尊夫人不给你一个更不客气的答复。

彼特鲁乔 我希望她会给我一个更满意的答复。

霍坦西奥 比昂台罗，你去请我的太太立刻出来见我。

| 比昂台罗下

彼特鲁乔 哈哈！请她出来！那么她总应该出来的了。

霍坦西奥 老兄，我怕尊夫人随你怎样请也请不出来。

| 比昂台罗重上

霍坦西奥 我的太太呢？

比昂台罗 她说您在开玩笑，不愿意出来！她叫您进去见她。

彼特鲁乔 更糟了，更糟了！她不愿意出来！嘿，是可忍，孰不可忍！葛鲁米奥，到你奶奶那儿去，说，我命令她出来见我。

| 葛鲁米奥下

霍坦西奥 我知道她的回答。

彼特鲁乔 什么回答？

霍坦西奥 她不高兴出来。

彼特鲁乔 她要是不出来，就算是我晦气。

| 凯瑟丽娜重上

巴普提斯塔 呀，我的天，凯瑟丽娜果然来了！

凯瑟丽娜 夫君，您叫我出来有什么事？

彼特鲁乔　你的妹妹和霍坦西奥的妻子呢？

凯瑟丽娜　她们都在火炉旁边谈天。

彼特鲁乔　你去叫她们出来，她们要是不肯出来，就把她们打出来见她们的丈夫。快去。

｜凯瑟丽娜下

路森修　真是怪事！

霍坦西奥　怪了怪了；这预兆着什么呢？

彼特鲁乔　它预兆着和睦、亲爱和恬静的生活，尊严的统治和合法的主权，总而言之，一切的美满和幸福。

巴普提斯塔　恭喜恭喜，彼特鲁乔贤婿！你已经赢了东道；而且在他们输给你的现款之外，我还要额外给你二万克朗，算是我另外一个女儿的嫁奁，因为她已经完全变了一个人了。

彼特鲁乔　为了让你们知道我这东道不是侥幸赢得，我还要向你们证明她是多么听话。瞧，她已经用她的妇道，把你们那两个桀骜不驯的妻子俘虏来了。

｜凯瑟丽娜率比恩卡及寡妇重上

彼特鲁乔　凯瑟琳，你那顶帽子不好看，把那玩意儿脱下，丢在地上吧。［凯瑟丽娜脱帽掷地上］

寡妇　谢谢上帝！我还没有像她这样傻法！

比恩卡　呸！你把这算作什么愚蠢的妇道？

路森修　比恩卡，我希望你的妇道也像她一样愚蠢就好了；为了你的聪明，我已经在一顿晚饭的工夫里损失了一百个克朗。

比恩卡　你自己不好，反来怪我。

彼特鲁乔　凯瑟琳，你去告诉这些倔强的女人，做妻子的应该向她们的夫主尽些什么本分。

寡妇　好了，好了，别开玩笑了；我们不要听这些个。

彼特鲁乔　说吧，先讲给她听。

寡妇　用不着她讲。

彼特鲁乔　我偏要她讲；先讲给她听。

凯瑟丽娜　哎呀！展开你那颦蹙的眉头，收起你那轻蔑的瞥视，不要让它伤害你的主人、你的君王、你的支配者。它会使你的美貌减色，就像严霜啮噬着草原，它会使你的名誉受损，就像旋风摧残着蓓蕾；它绝对没有可取之处，也丝毫引不起别人的好感。一个使性的女人，就像一池受到激动的泉水，混浊可憎，失去一切的美丽，无论怎样喉干吻渴的人，也不愿把它啜饮一口。你的丈夫就是你的主人、你的生命、你的所有者、你的头脑、你的君王；他照顾着你，扶养着你，在海洋里陆地上辛苦操作，夜里冒着风波，白天忍受寒冷，你却穿得暖暖的住在家里，享受着安全与舒适。他希望你贡献给他的，只是你的爱情，你温柔的辞色，你真心的服从；你欠他的好处这么多，他所要求于你的酬报却是这么微薄！一个女人对待她的丈夫，应当像臣子对待君王一样忠心恭顺；倘使她倔强使性，乖张暴戾，不服从他正当的愿望，那么她岂不是一个大逆不道、忘恩负义的叛徒？应当长跪乞和的时候，她却向他挑战；应当尽心竭力服侍他、敬爱他、顺从他的时候，她却企图篡夺主权，发号施令。这一种愚蠢的行为，真是女人的耻辱。我们的身体为什么这样柔软无力，耐不了苦，熬不起忧患？那不是因为我们的性情必须和我们的外表互相一致，同样的温柔吗？听我的话吧，你们这些倔强而无力的可怜虫！我的心从前也跟你们一样高傲，也许我有比你们更多的理由，不甘心向人俯首认输，可是现在我知道我们的枪矛只是些稻草，我们的力量是软弱的，我们的软弱是无比的，我们所有的只是一个空虚的外表。所以你们还是挫抑你们无益的傲气，跪下来向你们的丈夫请求怜爱吧。为了表示我的顺从，只要我的丈夫吩咐我，我就可以向他下跪，让他因此而心中快慰。

彼特鲁乔 啊，那才是个好妻子！来，吻我，凯德。

路森修 老兄，真有你的！

文森修 对顺从的孩子们说，这一番话大有好处。

路森修 对暴戾的女人说，这一番话可毫无是处。

彼特鲁乔 来，凯德，我们好去睡了。我们三个人结婚，可是你们两人都输了。[向路森修]你虽然采到了明珠，我却赢了东道；现在我就用得胜者的身份，祝你们晚安！

| 彼特鲁乔、凯瑟丽娜下

霍坦西奥 你已经降伏了一个悍妇，可以踌躇满志了。

路森修 她会这样被他降伏，倒是一桩想不到的事。

| 同下